雅典文化

搞懂

Basic of
English Grammar
Just for You

最適合國人
學習的
英文文法書

英文 基礎文法
分分鐘 的事

搞懂 Basic of English Grammar Just for You
英文 基礎文法 分分鐘 的事

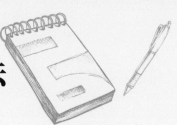

前言

　為甚麼學文法可以很有趣？

　誰說「文法」一定得正經八百的學習？

　有甚麼方法可以讓學習不受「文法」的牽絆？

　根據教育學專家的研究顯示，透過快樂的學習方式，能夠增加學習的效率。

　而語言學家更挑明的說，艱澀的文法學習，會使剛接觸一種新語言的學習者，產生學習上的障礙與挫折！

　學習英文文法的過程不必老是問為甚麼？

　語言的形成是透過很長一段時間的演化所產生，你不必期許自己成為語言學家，而是成為可以說出一口流利英文的學習者。

　　本書顛覆傳統老八股的學習方式，不強迫學習者背誦一些無用的文法條理，而是利用輕鬆、有趣的筆法，幫助讀者建立學習英文文法的信心，利用幽默詼諧的文字，引導英文學習的創意新天地！

Chapter 1
名詞

Chapter 2
冠詞

Chapter 3
動詞

Chapter 4

句子的時態

Chapter 5

句子的種類

Chapter 6

文法總匯

Chapter

1

名詞

一、有名有姓的角色：「名詞」

基本概念

人、事、物，都可以是「名詞」

　　英文「名詞」(noun)的概念非常簡單，舉凡是「人」、「事」、「物」、「地點」、「概念」等，都可以是「名詞」，例如：生物、物品、地名、國家、宇宙、顏色、重量、感情…等，都可以有「名詞」的型態。

　　英文的「名詞」可分為「可數名詞」(countable noun)及「不可數名詞」(uncountable noun)兩大類。

　　在英語中，必須了解「可數名詞」和「不可數名詞」的使用規則，因為它們影響了名詞的數量形式、冠詞的選

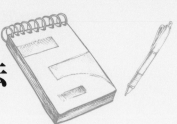

擇以及動詞的用法。

句型

【架構】 可數名詞 → 可以量化

不可數名詞 → 不可以量化

【中文】我有兩本書。

【英文】(O) I have two books.

(X) I have two book.

☠ 陷阱：「名詞」都是「可數」的？

「名詞」以是否可以量化（意即是否可以數出數量）
來分類，區分為兩大類：

名詞

（一）可數名詞（countable noun）

（二）不可數名詞（uncountable noun）

（一）可數名詞

凡是可用量化單位表示數量的「名詞」，都是屬於「可數名詞」，例如人、書本、房子、車子、動物、蘋果……等，例如：

⇨I have a dog.

　我有一隻狗。

⇨There are two chairs in my room.

　我的房間裡有兩張椅子。

在上述的句子中，dog和chairs都是屬於「可數名詞」的分類，dog是「單數名詞」，而chairs則為「複數名詞」(chairs的單數形式為chair)。

(二)不可數名詞

無法用量化單位表示數量的「名詞」，都是屬於「不可數名詞」，像是「物質名詞」、「專有名詞」、「抽象名詞」等，而這些名詞沒有複數形式，例如水、空氣、味道、地名等，都是屬於「不可數名詞」，例如：

▷ I come from Taiwan.

我來自臺灣。

▷ Flour is essential for making bread.

麵粉是烘焙麵包的必備成分。

"Taiwan"為「專有名詞」，屬於「不可數名詞」，也就是不會有複數形式，所以你不會看見Taiwans的寫法，因為「臺灣」只有一個，是獨一無二存在的，這世上是不會出現第二個臺灣。

深入分析

🖐解決 「可數名詞」會有一個小跟班

「可數名詞」與「不可數名詞」除了量化單位的不同之外，還有哪些差異呢？兩者最大的差異就是「可數名詞」可以有單數 (singular)、複數(plural)的區別，而「不可數名詞」則多半沒有複數形式。

在英文文法中，名詞複數指的是表達多個物品、人或概念的單詞形式。一般來說，「可數名詞」的複數形式是在該名詞後面加上s/es/ies/ves等的變形。「可數名詞」可以搭配數量詞（如a、an、one、two）或使用表示具體數量的數字（如1、2、3）。

句型

【架構】單數→可數名詞

複數→單數可數名詞+s/es/ies/ves

【定義】

只要是有名有姓的名稱，就叫做「名詞」（noun）。在學習英文的過程中，你不必刻意背誦所有的「名詞」，

簡單來說，所有的英文名稱單字都可當成「名詞」使用。

【例句】

✔This is a **book**.

這是一本書。

✔ I have two **sisters**.

我有兩位姐妹。

✔ My **father** bought me a **car**.

我父親買給我一輛車。

✔ There is a **park** in front of the **post office**.

郵局前面有一座公園。

✔ Here comes my **bus**.

我的公車來了。

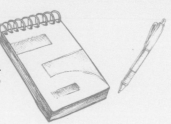

✔ **David** flew to **Seattle**.

大衛飛去西雅圖了。

✔ This is my **sister Amy**.

這是我妹妹艾咪。

二、擁有「千變女郎」稱號：「名詞」

「名詞」有五大天王

每一種語言都一樣，「名詞」是最基本的語言構成的要件，為了方便記憶、簡單學習，我們可以將「名詞」分門別類，就如同軍隊一樣，在不同的編制中，所代表的意義也各自不同，「名詞」依語義、用法的不同，可以分成五種類別：

(一)普通名詞 (Common Noun)

(二)專有名詞 (Proper Noun)

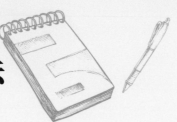

(三)集合名詞 (Collective Noun)

(四)物質名詞 (Material Noun)

(五)抽象名詞 (Abstract Noun)

句型

【架構】

名詞
- 普通名詞
- 專有名詞
- 集合名詞
- 物質名詞
- 抽象名詞

【中文】這位是史密斯先生。

【英文】(O) This is Mr. Smith.

　　　　(X) This is mr. Smith.

(一)普通名詞(Common Noun)

「普通名詞」泛指一般看得見的人或物的名稱。一般來說，「普通名詞」有單、複數的區別，可以在名詞前加上「冠詞」，例如：

girl   女孩

cat   貓咪

book   書本

pencil   鉛筆

house   房子

chair   椅子

bus   公車

park   公園

island   島嶼

country   國家

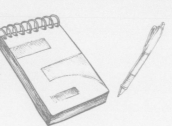

「普通名詞」可以是「可數名詞」和「不可數名詞」兩大分類：

1.「可數名詞」：可以是單數，也可以是複數，是可以計算單位的名稱，例如：

person　　人

car　　　車子

apple　　蘋果

table　　桌子

「可數名詞」是指可以明確描述出數量的名稱，例如：a table、two tables、three tables。

「單數可數名詞」前面需要加冠詞（a/an/the）或其他限定詞，例如：some、that、my、David's。

「複數可數名詞」前面不加冠詞，但特指某些特殊的意思時，則要加上「定冠詞」"the"（例如：the dog這隻狗），或其他限定詞，例如：some apples、those boys、my sisters、David's hats。

2.「不可數名詞」：數量無法被量化，只有單數形式，前面不加冠詞a/an，例如：

water	水
sugar	糖
air	空氣
furniture	家具
knowledge	知識
advice	建議

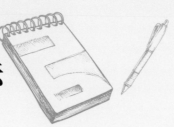

information	資訊
beauty	美麗
love	愛
money	錢

(二)專有名詞(Proper Noun)

指特定或獨一無二的人、物、地方,例如人名、文學作品、品牌、組織、機構、地名、國家名稱等,因為它們很特別,所以字首需要以「大寫」字母開頭!「專有名詞」沒有複數形式,前面通常不加「冠詞」,例如:

人名:David大衛/Mr. Smith史密斯先生

書名:The Fellowship of the Ring魔戒首部曲

品牌:Nike耐吉

組織：World Health Organization世界衛生組織

地名：Taiwan臺灣

國家：Japan日本

(三)集合名詞 (Collective Noun)

通常是用來表示一群組成份子的名詞，用來代表整

體，而非單獨的個體，例如人、動物、物品：

people　人

family　家庭

class　　班級

audience 觀眾

police　警察

poultry　家禽

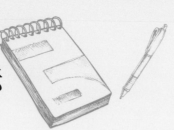

1.「集合名詞」看起來是單數，但可以是單數或複數形式，那要如何分辨單數或複數呢？

可以從上下文來判斷這類「集合名詞」的單複數。通常該名詞在句子中表示「整體」的概念時，則視為一個整體，後面的動詞使用「單數動詞」，例如：

⇨ My family is in the USA.

我的家人都在美國。

⇨ The orchestra was playing.

管弦樂團在演奏。

反之，如果該名詞在句子中表示「個體」、「成員」時，後面則接可以接「複數動詞」，例如：

名詞

⇨ My family are coming.

我的家人要來訪。

⇨ The orchestra have all gone home.

管弦樂團團員都回家了！

　2.將不同群體當作是一個整體，而且是當成單一的個體，意即部分特殊「集合名詞」雖為單數，卻被視為複數，需接複數動詞，例如：

people　人

police　警察

crew　　工作人員

poultry　家禽

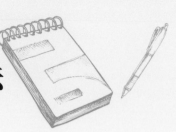

3.雖是表示總稱的「集合名詞」，卻只能用單數形式，沒有複數形式，後接單數動詞，例如：

baggage　　　行李

clothing　　　服飾

furniture　　　家具

(四)物質名詞(Material Noun)

泛指構成事物的材料名稱，如氣體、液體、原料、食品等名稱，是為「不可數名詞」，沒有單、複數的區別。當成「主詞」時，其後接單數動詞，例如：

air　　空氣

water　　水

milk　　牛奶

bread　　麵包

sugar　　糖

(五) 抽象名詞(Abstract Noun)

指性質、動作等無形事物的名稱，前面通常不加「冠詞」，沒有單、複數的區別，例如：

art　　　　藝術

singing　　唱歌

failure　　失敗

experience　經驗

beauty　　美麗

truth　　　事實

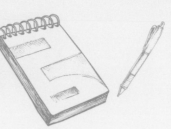

搞懂 Basic of English Grammar Just for You
英文 基礎文法
分分鐘 的事

☠ 陷阱：名詞有許多分身？

　　「名詞」看似單純，卻不是只能一句話就能說明。雖然可以概括性地說：「看得見的人事物就是名詞」，但是「名詞」的種類若是細分，可是會有許多種不同的種類，最直接的區別就是加上冠詞和單、複數的使用。

深入分析 ....

解決 五大「名詞」應該各司其職

　　(一)普通名詞 (Common Noun)

　　(二)專有名詞 (Proper Noun)

(三)集合名詞 (Collective Noun)

(四)物質名詞 (Material Noun)

(五)抽象名詞 (Abstract Noun)

(一)普通名詞 (Common Noun)

「普通名詞」可分為二大類，包含「生物」及「非生物」。

「生物」的定義很簡單，只要是陸地上跑的、天上飛的、水裡游的，或是生長在土裡的植物等，這些「有生命的動、植物」，都可歸類為生物類的名稱。

【生物】

a man	一位男人
a girl	一位女孩

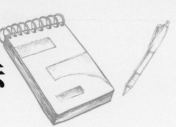

a bird	一隻鳥
a student	一位學生
a police officer	一位警察
an elephant	一隻大象
a pear	一顆梨子
a banana	一根香蕉
an apple	一顆蘋果

☞ 提示小精靈

「冠詞」a/an的用法詳見P. 093

而「非生物」名稱，則泛指所有無生命的物體名稱。

【非生物】

| a book | 一本書 |
| a building | 一棟建築物 |

名詞

a cup　　　　　一個杯子

a cell phone　　一支手機

a ticket　　　　一張票

a living room　　一間客廳

a mirror　　　　一面鏡子

a pair of shoes　一雙鞋子

a piece of paper　一張紙

【例句】

✔ The elderly **lady** was always at home at night.

那位年紀大的婦人晚上總是待在家裡。

✔ Go straight ahead and you will see a **tower** in front of you.

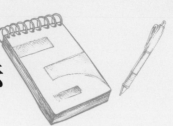

直走你就會看到一個塔在你面前。

✔I' ll meet you at the **airport**.

我會在機場與你會面。

✔I have to put some **towels** in the **bath-room**.

我必須要放一些毛巾在浴室裡。

(二)專有名詞 (Proper Noun)

「專有名詞」是指用來識別特定個體、地點、機構、品牌、事件或其他具體且獨一無二的事物的名詞。「專有名詞」的特點是它們通常以大寫字母開頭。

1.特定且獨一無二的人、事、物、場所

第一個字母通常為大寫，多為單數名詞，例如人名、地名、月份名稱等。

名詞

【人名】

Susan	蘇珊
Chris Smith	克里斯・史密斯
uncle David	大衛叔叔
Mr. Jones	瓊斯先生
Mark J. White	馬克・J・懷特

【事件】

COVID-19	新冠肺炎
Attack of September 11	911事件
History World Tour	(麥克傑克森)世界巡迴演唱會
World War II	第二次世界大戰

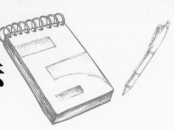

【國家】

China	中國
Japan	日本
South Korea	南韓
Singapore	新加坡
Canada	加拿大
United States	美國
Australia	澳大利亞
New Zealand	紐西蘭
United Kingdom	英國
France	法國
Germany	德國
Sweden	瑞典
Spain	西班牙

Greece	希臘
Denmark	丹麥

☞ **提示小精靈**

國名或是特殊地名，如果是複數的話，前面要加"the"，例如：

the United States of America　美利堅眾合國

the Commonwealth of Australia　澳大利亞聯邦

【城市】

Taipei	台北
Tokyo	東京
Beijing	北京
Seattle	西雅圖
Sydney	雪梨

Washington, D.C. 華盛頓特區

London	倫敦
Paris	巴黎
Ottawa	渥太華
Moscow	莫斯科
Berlin	柏林

【天體】

Mercury	水星
Venus	金星
Earth	地球
Mars	火星
Jupiter	木星
Saturn	土星

Uranus　天王星

Neptune 海王星

☞ **提示小精靈**

sun太陽、moon月亮、earth地球在某些場合也可以當「普通名詞」使用。

例如：come down to earth 面對現實、從夢想中醒來

【例句】

✔ This is my sister **Jenny**.

這是我妹妹珍妮。

✔ **Mr. Simon**, do you have a minute now?

賽門先生，你現在有空嗎？

✔ **Ellen**, this is **Jeff**. **Jeff**, this is **Ellen**.

艾倫，這是傑夫。傑夫，這是艾倫。

(介紹雙方認識時的介紹用語)

✔ **COVID-19** is caused by the **SARS-CoV-2 virus**.

新冠肺炎是由SARS-CoV-2病毒引起的疾病。

✔ I come from **Australia**.

我來自澳洲。

✔ **Chris** lives in **Canada**.

克里斯住在加拿大。

2.月份名詞

　　月份的「名詞」是屬於「專有名詞」的一種，第一個字母一定要大寫。雖然不同的月份各有卅、卅一或廿八天的差異，看似是「複數的天數」，但因為通常表示「一整個月的時間」，因此視為「單一個」的個體，所以月份的

「名詞」多為單數表示。

月份	中文	縮寫
January	一月	Jan.
February	二月	Feb.
March	三月	Mar.
April	四月	Apr.
May	五月	May
June	六月	Jun.
July	七月	Jul.
August	八月	Aug.
September	九月	Sep.
October	十月	Oct.

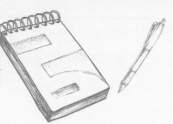

| November | 十一月 | Nov. |
| December | 十二月 | Dec. |

【月份+日期】

| October the third | 十月三日 |
| the first of December | 十二月一日 |

【例句】

✔ **January** is the first month of the year.

一月是一年中的第一個月份。

✔ I was born on **September 5th**.

我在九月五日出生的。

✔ At the beginning of **July**, Jack decided to visit his girlfriend's parents.

在七月初，傑克決定去拜訪他女友的父母。

> ✔ This office will open in **October** 2023.
>
> 這間公司要到二〇二三年十月才會開始營業。

3.星期名詞

就一整個星期而言，只有一個星期一，所以星期的名稱也是「專有名詞」，不因為全年有52個星期一而改變其獨特性的地位。

星期	中文	縮寫
Monday	星期一	Mon.
Tuesday	星期二	Tue.
Wednesday	星期三	Wed.
Thursday	星期四	Thu.
Friday	星期五	Fri.

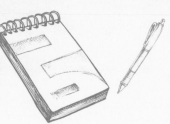

Saturday	星期六	Sat.
Sunday	星期日	Sun.

【例句】

✔ I will see you on **Monday**.

我們星期一見。

✔ Would you like to see a movie with me on **Saturday** night?

你星期六晚上要和我一起去看電影嗎？

✔ On a **Sunday** evening, Alexis went to a cocktail party.

在星期天晚上，艾利克斯去參加一場雞尾酒宴會。

4.節慶名詞

因為每一個節慶都是一年當中獨一無二的日子，一年之中不會有第二個相同的節日，所以也是「專有名詞」的一種。

節慶	中文	日期
New Year	新年	1月1日
Valentine's Day	情人節	2月14日
Easter	復活節	每年春分滿月後的第一個星期日
Mother's Day	母親節	每年5月的第二個星期日
Teacher's Day	教師節	9月28日

Halloween	萬聖節	10月31日
Thanksgiving Day	感恩節	每年11月的第四個星期四
Christmas	聖誕節	12月25日

【例句】

✔ Where are you going during **Chinese New Year**?

你在中國新年期間要去哪裡？

✔ When is **Halloween**?

什麼時候是萬聖節？

✔ What do you usually do on **Mother's Day**?

母親節時你通常做些什麼事？

(三)集合名詞(Collective Noun)

「集合名詞」是指「相同種類」的人或物的「一個群體」的詞語，因為已經以「群體」為「單一」的名詞，所以有單、複數的區別。

1.將「群體」當成單一個的「整體」，是為「單數名詞」，例如：

family　　家庭

class　　班級

team　　團隊

【例句】

✔My **family** is going on a vacation next week.

我的家人下週要去度假。

> ✔This **class** is full of energy and enthusiasm.
>
> 這個班級充滿了活力和熱情。

2.不將群體當成一個整體，而是「一個一個」的「單獨個體」時，則為「複數名詞」，例如：

【人類】

people　　　　人

human being　　人類

【家人】

the Jones 瓊斯一家人

family　　家庭、家人

> ☞ **提示小精靈**
> family若是當成「家庭」，視為單數；若是當「所有家人」解釋，則是複數名詞。

【團體】

class　　　　班級(一整個班級)

team　　　　團隊

government　政府

【族群】

the poor　窮人(所有的窮人)

the old　老人(所有的老人)

【例句】

✔ My **family** are all tall.

我的家人都很高。

✔ Mother Teresa became famous for her hard

work with **the poor**.

德蕾莎修女因為對窮人付出的努力而舉世聞名。

✔ He is the best in my **class**.

他是我班上最棒的學生。

✔ Were there many **people** at the meeting?

有許多人參加會議嗎？

(四)物質名詞(Material Noun)

「物質名詞」是指液體、氣體、原料、食品等物質的名

稱，沒有單、複數的區別，例如：

【液體】

water　　水

milk　　牛奶

juice　　果汁

【氣體】

air　　空氣

gas　　瓦斯

【原料】

wood　　木頭

glass　　玻璃

iron　　鐵

【食品】

rice　　米

salt　　鹽

以下食物為「普通名詞」，而非「物質名詞」，有

單、複數的區別：

potato　馬鈴薯

apple　蘋果

pear　　梨子

【例句】

✔ Do you take **tea** with **milk** and **sugar**?

茶裡要加奶精和糖嗎？

✔ I'm boiling **water** to make some more

coffee.

我正在煮開水泡更多的咖啡。

✔ He makes **tables** and other things from

different kinds of **wood**.

他用不同種類的木頭來製造桌子及其他製

品。

✔ Let's go outside for a little fresh **air**.

我們去外面呼吸一點新鮮空氣。

　　若是「物質名詞」表示製品、種類或個體時，則變成

「普通名詞」，可加冠詞，也有單、複數的形式，例如：

⇨ May I have a glass of water?

可以給我一杯水嗎？

⇨ The photo was on the front page of all the papers.

這張照片刊登在所有報紙的頭條版面。

(五)抽象名詞(Abstract Noun)

表示「性質」、「動作」、「狀態」等無形事物的名稱，例如勝利(victory)、智慧(wisdom)等，是為不可數名詞，因為口語若表達為「一個智慧」是不合理的吧，所以沒有單、複數的區別(也就是只會是單數形式)，所以也不加「冠詞」，例如：

【性質】

beauty　漂亮

kindness 仁慈

honest　誠實

help　　幫助

money　金錢

【動作】

exercise　　運動

singing　　唱歌

dancing　　跳舞

movement　動作

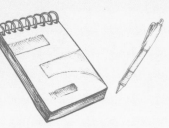

【狀態】

peace　　和平

war　　　戰爭

health　　健康

weather　天氣

【學科】

Chinese　　　中文

English　　　英文

Math　　　　數學

Biology　　　生物學

Physics　　　物理

Chemistry	化學
Physical education	體育
History	歷史
Geography	地理
Art	美術
Music	音樂

【運動/比賽】

baseball	棒球
basketball	籃球
volleyball	排球
football	足球
tennis	網球

table tennis	乒乓球
badminton	羽毛球
golf	高爾夫球
running	跑步
swimming	游泳
surfing	衝浪

【例句】

✔ How would you like **running**?

你喜歡跑步嗎？

✔ I have studied **English** for 6 years.

我學英文已經六年了。

✔ **Baseball** is my favorite sport.

棒球是我最喜歡的運動。

> ✔ Thank you for your **help**.
>
> 謝謝你的幫忙。

但是「抽象名詞」若因為表示種類、實例(或結果)、所有者,則也可作為「普通名詞」,那麼用法便與「普通名詞」一樣,有單、複數之分,也可加「冠詞」!

【抽象名詞】

⇨ **Happiness** cannot be bought with money.

幸福是無法用金錢買到。

【普通名詞】

⇨ He felt an **unspeakable happiness**.

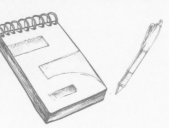

他感到一種無法言喻的快樂。

句型

【架構】	單數名詞	+ 單數動詞
	不可數名詞	
	複數名詞	+ 複數動詞

【定義】

「名詞」都可以當作「主詞」使用，當「主詞」為單數時，不論是可數或不可數名詞，都是接單數動詞。

而主詞為複數名詞時，動詞需要與主詞保持一致，因此使用複數形式的動詞。

【例句】

✔ **My family** is a big one.

　我的家庭是個大家族。

✔ **Taiwan** is a beautiful island.

　台灣是一座美麗的島嶼。

✔ **Children** are playing in the playground.

　孩子們正在遊戲場玩耍。

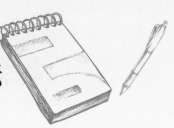

三、「名詞」的單、複數形式

基本概念

「可數名詞」的小跟班

　　英文的「名詞」和中文最大的差異之一，就是英文的「名詞」是有數量上的變化。

　　中文的「一本書」和「二本書」中，不論數量多寡，「書」這個名詞本身是沒有任何語法上的變化，但是在英文中可就不同了！

　　英文「名詞」中的「可數名詞」是一個擁有「領袖魅力」的名詞。為什麼呢？因為「可數名詞」的「複數」通常會有一個「小跟班」，這個「小跟班」在「可數名詞」

的「單數形式」轉換為「複數形式」時，會瘋狂地跟隨在後，使「單數名詞」變身為「複數名詞」。

　　「可數名詞」的單、複數形式不同，區別如下：

(一)單數名詞：指「單一個」的人、事、物

(二)複數名詞：指「包含兩個以上人、事、物

句型

【架構】單數 可數名詞
複數 可數名詞+s/es/ies/ves

【中文】我有兩把傘。

【英文】(O) I have two umbrellas.

　　　　(X) I have two umbrella.

☠ 陷阱：單數名詞變形為複數形式，就只能 加"小s"嗎？

具有「領袖魅力」的「可數名詞單數」若要轉換為複數形式，就會出現的「複數小跟班」"小s"。戲稱為"小s"，因為只要是「單數可數名詞」轉換為「複數名詞」時，就會吸引「複數小跟班」"小s"的瘋狂跟隨。

「複數名詞」形式不是只能用「複數小跟班」"小s"轉換，名詞複數形式有兩大類：

(一)不規則變化

(二)規則變化

名詞

(一)不規則變化

單數	複數	中文
man	men	男人
woman	women	女人
child	children	兒童
tooth	teeth	牙齒
foot	feet	腳
mouse	mice	老鼠
goose	geese	鵝

但有些名詞的單數和複數為同形，意即拼法是一樣的。

單數	複數	中文
sheep	sheep	綿羊

fish	fish	魚
deer	deer	鹿
species	species	物種
aircraft	aircraft	飛機

(二)規則變化

也就是本單元要分析的「複數小跟班」"小s"的用法。

深入分析 ……………………………………………………

解決 複數字尾"小s"的變裝把戲

在英文中，「可數名詞」要加上「複數小跟班」"小s"才會成為複數形式。

　　這些名詞的「複數小跟班」"小s"的角色性格是調皮的、嫉妒的、多變的，亦即「複數小跟班」"小s"有好幾種面貌的變化樣式：

　　1.字尾加s

　　2.字尾加es

　　3.字尾加ies

　　4.字尾"f/fe"變ves

　　而要在字尾加哪一種「複數小跟班」"小s"，則依照不同的「可數名詞」的字尾決定，由「字尾字母」來欽點上述任一種的「複數小跟班」。

　　1.字尾加s

當沒有任何威脅存在時，「複數小跟班」"小s"是會用本尊的面貌和「單數可數名詞」結合成為「複數名詞」的形式。大部分的「可數名詞」的複數形式，是在「單數名詞」字尾後直接加上s即可。

單數	複數	中文
student	students	學生
horse	horses	馬
cat	cats	貓
bean	beans	豆子
book	books	書本
pen	pens	筆
chair	chairs	椅子
seat	seats	座位

radio	radios	收音機
piano	pianos	鋼琴
table	tables	桌子
skirt	skirts	裙子
building	buildings	建築物
song	songs	歌曲
wedding	weddings	婚禮

2.字尾加es

請記住，"小s"是嫉妒的性格。凡是「單數名詞」字尾有以下字母時，因為發音和"小s"有重複發音的影響，所以必須要先戴上面具，阻隔兩人見面，以免善妒的"小s"不高興，其複數的形式就不能單純加"s"，而是要加上"es"。

字尾	單數	複數	中文
-s	gas	gasses	瓦斯
-ss	ass	asses	驢子
-x	box	boxes	盒子
-o	potato	potatoes	馬鈴薯

（但radio、piano的複數形式是加s）

字尾	單數	複數	中文
-sh	dish	dishes	盤子
-ch	watch	watches	手錶

3.字尾加ies

遇到「單數名詞」的字尾為"y"時，則必須先採用「斷尾求生」的手法，字尾必須先刪除"y"，再加上"小s"的變裝角色："ies"。

單數	複數	中文
family	families	家庭
lady	ladies	女士
baby	babies	嬰兒
story	stories	故事
party	parties	宴會
city	cities	城市

複數字尾"小s"並不是和"y"字尾不和，若是「單數可數名詞」的"y"前面有母音a/e/i/o/u在撐腰，是會讓"小s"有所顧忌，進而饒了這些"y"一條小命，讓"字尾y"得以逃過被刪除的命運。

單數	複數	中文

boy	boys	男孩
key	keys	鑰匙
day	days	日子
play	plays	戲劇

4.字尾f/fe變ves

而若是遇到和"f"相關的字尾，複數字尾"小s"則展現大姊頭的氣度，硬是要求對方先表演變裝秀給"小s"看。此時則要先刪除「單數名詞」的字尾"f/fe"，改成"ve"後，"小s"才願意用本尊面貌上場表演，兩者合跳雙人舞步成為"ves"。

字尾	單數	複數	中文
-f	wolf	wolves	野狼
-f	leaf	leaves	葉子

-f	shelf	shelves	架子
-fe	wife	wives	妻子
-fe	knife	knives	刀子
-fe	life	lives	生命

　　要注意的是，複數字尾"小s"雖然和"f"不合，但對某些名詞，"小s"也是會因為心軟而手下留情網開一面，這些例外的狀況，只要單純加"小s"即可。

單數	複數	中文
roof	roofs	屋頂
safe	safes	保險箱
proof	proofs	證據
belief	beliefs	信仰

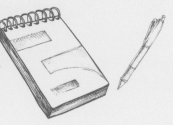

brief	briefs	簡報
reef	reefs	礁
cliff	cliffs	懸崖
gulf	gulfs	海灣

句型

【架構】

單數字尾	複數變身	複數字尾
-s		ses
-ss	+es→	sses
-sh		shes
-ch		ches

單數字尾	複數變身	複數字尾
-y	刪除y →	ies
-y	+s →	ys

單數字尾	複數變身	複數字尾
-if		
-eaf	刪除f →	ves
-oaf		
-fe	刪除fe→	ves

【定義】

名詞中的「普通名詞」泛指book、dog、bus、house

等，有單、複數的形式，但並不是所有的名詞都有複數形式，以下名詞是沒有複數形式的：

(一)物質名詞

只要是「物質名詞」，都沒有固定型態，所以沒有複數形式。

1.食品類名詞

tea 　　茶

milk 　　牛奶

drink 　　飲料

juice 　　果汁

vegetable 　　　蔬菜

2.液體類名詞

water　　水

rain　　雨水

snow　　雪

3.氣體類名詞

air　　　空氣

mist　　　霧

smoke　　煙

(二)專有名詞

　　「專有名詞」是指具備特殊意義的「名詞」，人的姓名也是屬於「專有名詞」的一種，第一個字母需大寫，通常不加冠詞、沒有複數形式。但若是名字在句子擔任說

明的角色，例如「名字叫做…的人」時，則變成「普通名詞」，是屬於可數的名詞，例如：

⇨ There are three Davids in our office.

我們辦公室有三位叫做David的人。

⇨ A Mr. Smith called you this morning.

今天早上有一位叫史密斯先生的人打電話給你。

(三)抽象名詞

沒有具體的形態，無法用眼睛去看或用手去觸摸的名稱，均稱之為「抽象名詞」，例如事物的性質、狀態、動作、觀念或情感等抽象的名詞：

hope	希望
love	愛

happiness	高興
health	健康
friendship	友誼
time	時間
knowledge	知識
wisdom	智慧
power	力量
success	成功
truth	事實
opinion	觀念

「抽象名詞」沒有複數式，也不加「定冠詞」"the"，
例如：

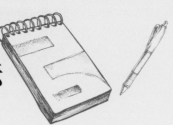

⇨ Time is money.

時間就是金錢。

　　「抽象名詞」只有在特定的說明時，會轉換為「普通名詞」，此時才加"the"，例如：

⇨ The friendship between us is long and lasting.

我們的友誼天長地久。

⇨ The love between them grew stronger with each passing day.

他們之間的愛情隨著每一天的過去變得更加強大。

【例句】

✔ I have two **dogs**.

我有兩隻狗。

✔ Those are **apples**.

那些是蘋果。

✔ I spent two **years** in Ethiopia.

我有兩年的時間待在衣索比亞。

✔ Most **animals** have four **legs.**

大部分的動物有四條腿。

✔ How many **brothers** do you have?

你有多少兄弟？

很危險！

若是「物質名詞」要表示一定的數量時，就必須加上「計量單位」，例如：

單數	複數
a glass of juice	two glasses of juice

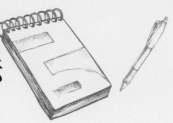

a piece of paper	two pieces of paper
a box of soap	two boxes of soap
a loaf of bread	two loaves of bread

常見的「計量單位」還有以下幾種：

a pair of socks	一雙襪子
a stick of gum	一條口香糖
a slice of pizza	一片匹薩
a bar of soap	一塊肥皂
a sheet of paper	一張紙
a bunch of bananas	一串香蕉
a cone of ice cream	一個甜筒冰淇淋

a jar of jam	一罐果醬
a bottle of wine	一瓶葡萄酒
a can of soda	一罐蘇打水
a pack of cigarettes	一包香煙
a carton of eggs	一盒蛋

Chapter

2

冠詞

一、永遠的冠軍：「冠詞」

基本概念

「冠詞」是一頂「冠軍帽子」

因在中文並沒有明顯「冠詞」(article)的用法，所以在英文的學習過程中，很多人往往會忽略「冠詞」的使用，而使英文顯得不三不四。到底什麼是「冠詞」呢？在何種情況下要使用「冠詞」呢？

「冠詞」主要是和「名詞」連接使用，像是「冠軍」一般，「冠詞」永遠跑在「名詞」之前。「冠詞」有三種形式，分別為a/an和the。

冠詞的使用可以根據句子的語境、特定的語法規則和

名詞的特性進行調整。了解冠詞的定義和用法可以幫助確

保句子的準確和流暢。

句型

【架構】冠詞+名詞

【中文】這是小說。

【英文】(O) This is a novel.

(O) This is the novel.

(X) This is novel.

☠ 陷阱：「冠詞」是孤家寡人？

上面的例句中，"novel"是一個單數名詞，不能單獨在

冠詞

句子中存在。這個"novel"的角色就如同黃袍加身的皇帝，必須有一個「冠詞」來當他前面的「御林軍」，所以說這個「冠詞」的角色是必須捍衛皇帝尊嚴的官帽。

在英文中，「冠詞」是不會孤家寡人單獨存在於句子中。當英文句子中使用「單一個」的人、事、物的「名詞」時，是需要在前面加「冠詞」來表示「單一個」的概念，這就是所謂「冠詞不會是孤家寡人」的意思。

「冠詞」的使用必須是和「名詞」連接在一起才會有意義，而這個「冠詞」的角色定位，就像是一頂帽子：是「名詞」專用的「帽子」一樣，是一種代表「名詞」身份的表徵。

前面提過了，「冠詞」有三種形式："a/an"和"the"。

"a"和"an"是屬於「不定冠詞」（indefinite article），它

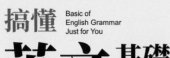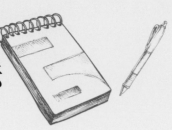

並沒有明確指出「名詞」。

而"the"則是「定冠詞」（definite article），它明確地指出「名詞」。

那麼我們不禁要問，"a/an"和"the"在英文句子的使用上，有什麼不同呢？

深入分析

解決 "a/an"和"the"各自心有所屬！

從名稱就知道「不定冠詞」(indefinite article)與「定冠詞」(definite article)是不同的，到底這兩種「冠詞」最大的差異在哪裡呢?請看以下的說明：

1.「不定冠詞」"a/an"既然是「不定冠詞」，表示個性不穩定，沒有特定的穩定關係，總是和不特定對象交往。

2.「定冠詞」"the"個性是屬於「忠貞不二型」，會跟隨特定的對象名詞。

句型

> 【架構】a/an+不特定對象
>
> the+特定對象

雖然說「定冠詞」與「不定冠詞」各自心有所屬，但也不是說兩者所跟隨的「名詞」對象絕對不會一樣，請看下面的句子：

➪ I got an invitation to this party.

我收到去派對的邀請。

⇨ I got the open invitation to this party.

　　我收到去派對的開幕邀請。

　　同樣是「名詞」"invitation"，前面加了不同的冠詞，會代表不同的意思，第一句的"invitation"是指某一個派對的邀請，而第二句的"invitation"則特指「此開幕會」的邀請。

【定義】

　　「冠詞」分為「不定冠詞」以及「定冠詞」兩大類，應用的方式各自不同。

(一) 不定冠詞

　　在句子中，沒有「特定指稱的說明對象」，純粹是幫助說明該「名詞」所指稱的事物時，就可以戴「不定冠

詞」這頂「冠軍帽子」，例如表示一個(人、動物等)、一

件(事件、物品等)、每一⋯⋯等「單數名詞」時，前方就

要加上「不定冠詞」"a"或"an"，例如：

▷ I bought a shirt.

　我買了一件襯衫。

(二)定冠詞

　　當所提到的「單數名詞」是特定的「那一個」或「這

一個」的說明對象時，前方就加「定冠詞」"the"，例如：

▷ Please take these letters to the post office.

　請把這些信送到這間郵局。

　　上面例子中的"post office"就是由"the"引導出「那間特

定的郵局」。

　　再看看下一個例句，也許會更清楚"a/an"和"the"的不同之處：

▷ I just bought a new shirt and a tie. The shirt was
　expensive, but the tie wasn't.

　　我剛買了一件新的襯衫和領帶。襯衫很貴，但是領帶則不會(貴)。

　　上述的例句中，"bought a new shirt and a tie"中，只說「買了襯衫和領帶」，但是沒有特定說明是哪一件、哪一條，所以是由"a"領軍的「冠詞」。但是第二句"The shirt..."和"the tie..."則是特別說明是指「所買的那一件襯衫和那一條領帶」，所以明確的地使用了"the"引導出是「我所買的

『那一件襯衫』和『那一條領帶』這兩樣商品，一件是貴的、另一件不會貴。

【例句】

✔This is **a** car.

　這是一部車子。

✔I have **a** boy and **a** girl.

　我有一個兒子和一個女兒。

✔He is **an** honest man.

　他是一位誠實的人。

✔He always brings **an** apple to **the** office.

　他總是帶著一顆蘋果到辦公室。

✔There's someone at **the** front door.

　前門有人。

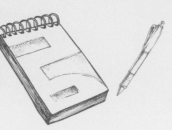

✔ I'll pick you up at **the** airport at 6 o'clock.

我會在六點鐘去機場接你。

✔ She's leaving on **the** 24th of May.

她將會在五月廿四日離開。

二、有派系之分的「不定冠詞」

基本概念

a和an大不同

　　"a"和"an"的御林軍所捍衛的皇朝是不同的，他們有不同的「名詞」效忠對象。

　　在中文中，很少提及「一個」的概念用語，但是在英文中，只要是「可數名詞」(countable noun) 的「單數名詞」，一定要在前方加上「不定冠詞」"a/an"，表示其名詞單數的身份。

句型

【架構】a ⎤
　　　 　⎦ + ⎡ 可數單數名詞
　　　 an ⎤　　⎣ 形容詞+可數單數名詞
　　　 　⎦

【中文】我是學生。

【英文】(O) I am a student.

　　　　(X) I am student.

【中文】這是蘋果。

【英文】(O) This is an apple.

　　　　(X) This is apple.

☠ **陷阱：a和an是差不多？**

　　在英文中，當需要「不定冠詞」"a"或"an"時，第一個要考慮的，就是後面所接「單數名詞」(或「形容詞+單數名詞」)的發音是否為[母音]。請注意，並不是和單字的字母有關，而是和單字的發音有關。

深入分析

● 解決 a和an是不同黨派的御林軍

(一)不定冠詞"a"引導的用法：

　　「不定冠詞」"a"所引導的「單數名詞」(或形容詞+單數名詞)必須是不含[a、e、i、o、u]等字母發音為首的「單數可數名詞」或「形容詞+單數可數名詞」。

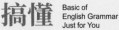

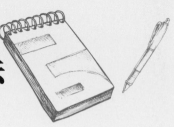

句型

【架構】

a+[子音] ┌ 數單數名詞
         └ 形容詞+可數單數名詞

【例句】

a student　　　　發音為[s]

a friend　　　　發音為[f]

a dog　　　　　發音為[d]

a tree　　　　　發音為[t]

a bicycle　　　　發音為[b]

a wrong answer　發音為[r]

a white door　　發音為[hw]

a big school　　發音為[b]

a beautiful park　發音為[b]

a great job　　　發音為[g]

(二)不定冠詞"an"引導的用法：

除了前面所提要加「冠詞」"a"的「名詞」之外，凡是以[a、e、i、o、u]作為字首母音發音開始的「名詞」，此時就需要加「不定冠詞」"an"，而不是"a"，例如：an apple (一個蘋果)、an egg (一顆蛋)、an umbrella (一把傘)。

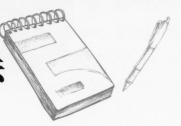

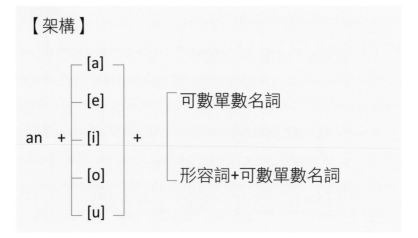

句型

【架構】

an + [a]/[e]/[i]/[o]/[u] + 可數單數名詞 / 形容詞+可數單數名詞

---

an+[母音]可數單數名詞

an umbrella　　發音為[ʌ]

an apple　　　發音為[æ]

an answer　　　發音為[æ]

an egg　　　　發音為[ɛ]

an idea　　　　發音為[aɪ]

an+[母音] 形容詞+可數單數名詞

an odd person	發音[ɑ]
an old friend	發音[o]
an engine driver	發音[ɛ]
an American student	發音[ə]

所以除了以[a、e、i、o、u]母音字母作為第一個發音的「名詞」須搭配"an"，其餘名詞皆戴上"a"這頂「不定冠詞」的大帽子。

要特別注意，並不是所有字母[a、e、i、o、u]開頭的單字都是由"an"引導，仍有一些例外的情況，還是得視「

字首是否母音發音」的情況來決定是"a"或"an"，舉例來說，"unit"的第一個字母"u"雖然是母音字母，但是發音卻是以子音[ju]為起始，所以正確的說法應該是為"a unit"，而非"an unit"，類似的例子還有：

a European	一位歐洲人	發音[ju]
a uniform	一件制服	發音[ju]
a university	一間大學	發音[ju]
a useful tool	一件有用的工具	發音[ju]
a one-eyed dog	一隻獨眼的狗	發音[hw]
a one-year-old boy	一位一歲的男孩	發音[wə]

(三)子音為首，卻用"an"引導：

某些非母音為引導的單字，卻必須使用"an"，則多半

是因為此單字為首的子音並不發音，而是由之後發母音的

字母發音所造成的，例如：

an honest man 發音[a]

an hour 發音[au]

句型

【架構】a+[子音發音字首]單字

　　　　an+[母音發音字首]單字

以下分別是兩種冠詞"a/an+名詞"的使用範圍：

(一) a的使用範圍

1.範圍：a+人/動物

【職業】

a teacher　　　　　一位老師

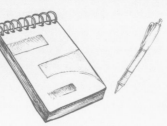

a police officer	一位警官
a travel agent	一位旅遊經紀人

【國籍】

a Chinese	一位中國人
a Japanese	一位日本人
a French	一位法國人

【身份】

a student	一名學生
a wife	一名妻子

a thief　　　一名小偷

【動物】

a cat　　　一隻貓

a dog　　　一隻狗

a butterfly　一隻蝴蝶

2.範圍：a+形容詞+人/動物

【職業】

a rich professor　　一位富有的教授

a professional DJ　一位專業的DJ

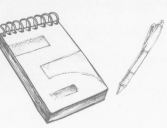

【國籍】

a hospitable French　一位熱情的法國人

【身份】

a happy boy　一位快樂男孩

a dancing girl 一位跳舞的女孩

【動物】

a flying bird　一隻在飛的鳥

a running dog 一隻在跑的狗

3.範圍：a+事件

a murder　　一件謀殺案

a fire	一場火災
a competition	一場比賽
a party	一場宴會
a wedding	一場婚禮
a question	一個問題

4.範圍：a+形容詞+事件

a romantic movie	一場羅曼蒂克的電影
a successful show	一場成功的表演
a joyful adventure	一次快樂的探險
a crazy idea	一個瘋狂的點子

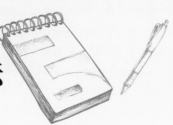

a terrible accident 一場可怕的意外

5.範圍：a+物品

【無單位物品】

a building 一棟建築物

a camera 一台照相機

a cell phone 一支手機

a TV set 一台電視機

【有單位物品】

a cup of coffee 一杯咖啡

a glass of water 一杯水

a box of chocolates　　一盒巧克力

a bar of soap　　一塊肥皂

【有數量物品】

a hundred of...　　一百的某物

a thousand of...　　一千的某物

a million of...　　一百萬的某物

6.範圍：a+形容詞+物品

【物品狀態】

a beautiful doll　　一個漂亮的洋娃娃

a black coat　　一件黑色的外套

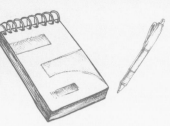

a missing key	一把消失的鑰匙
a high bridge	一座高的橋
a broken bicycle	一輛壞掉的腳踏車

7.範圍：a+時間/日期

【時刻】

a second	一秒、一會兒
a moment	一會兒
a while	一會兒
a minute	一會兒

【日期】

| a Monday | 某一個星期一 |
| a recent Friday | 最近的一個星期五 |

【時間】

a day	一天
a week	一星期
a month	一個月
a year	一年
a century	一世紀

8.範圍：a+形容詞+時刻

| a long time | 一段很長的時間 |

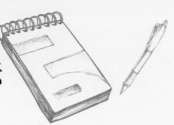

a hard time　　　　　一段很難熬的時刻

a dangerous moment　一段危險的時刻

9.範圍：副詞+a+時刻

once a day　　一天一次

twice a week　一星期兩次

(二) an的使用範圍

1.範圍：an+[a/e/i/o/u]為首發音的人/動物

【職業】

an actor　　　一位男演員

an actress　　一位女演員

冠詞

an engineer　一位工程師

【國籍】

an Indian　　一位印度人

an Eskimo　　一位愛斯基摩人

【身份】

an employer　一位雇主

【動物】

an ostrich　　一隻駝鳥

an elephant　一隻大象

2.範圍：an+[a/e/i/o/u]為首發音的形容詞+人/動物

【職業】

an old teacher　　　一位老教師

an aggressive official 一位好爭論的政府官員

【國籍】

an insane Chinese　　一位瘋狂的中國人

an outgoing German 一位活潑的德國人

【身份】

an old man　　　　一位老者

an elder lady　　　　一位老婦

an attractive woman　一位有吸引力的女性

【例句】

✔ I believe that it is a murder.

我相信這是一起謀殺案。

✔ I met my boyfriend at a wedding.

我是在一場婚禮上認識我的男友。

✔ It's a good guess.

猜得好。

✔ Take an egg and break it into the bowl.

拿一顆蛋打進碗裡。

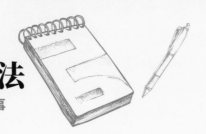

✔ I always keep a box of tissues in the car.

我總是會在車裡放一盒衛生紙。

✔ Her father is an odd man.

她的父親是位奇怪的人。

✔ I have been waiting for them for an hour.

我已經等他們等了一個小時。

✔ He is an honor to the school.

他是為學校增光的人。

很危險！

「可數名詞」(countable　noun)表示可以用單

位量化，例如：

a car　　　一輛車子

a book　　　一本書

an apple　　一顆蘋果

「不可數名詞」(uncountable noun) 表示無法用單

位計量，例如：

air　　空氣

water　水

food　食物

love　愛

trust　信任

三、有特殊任務的「定冠詞」

基本概念

"the"是個專職的替身保鏢

「定冠詞」"the"的應用非常廣泛，凡是句子中有特定提到的「名詞」是表示「那一個」、「這一個」或「那一群」…等，具有特別指定的目標物時，都是屬於和"the"同一掛的幫派伙伴，都必須仰賴用"the"來表示其「名詞」的獨特性地位。

既然「定冠詞」"the"代表這些特定名詞，所以我們可以戲稱「定冠詞」"the"具有「替身」的身份，因為存在的

位置又是在這些專屬名詞的前方，是不是很像「保鏢」的角色呢?

句型

【架構】the+特定名詞

【中文】他就是那個男孩嗎?

【英文】(O)Is he the boy?

(X)Is he boy?

☠ 陷阱 :"the"只是替身保鏢?

英文中有這麼多的「名詞」，有哪些「名詞」是屬於不平凡的專屬名詞要加「定冠詞」"the"?而又要如何分辨

是加「不定冠詞」"a/an"或"the"呢？

有一個訣竅可以幫助你記住哪些是和"the"屬於同一掛的幫派伙伴！只要記住：既然"the"是替身保鏢的身份，他就會被這些專屬名詞「勒住」，這個「勒住」的特質，是不是就和"the"的發音[ðə]很類似？是「勒住」特定的人事物。所以要不要加"the"有以下四大辨別標準。

(一)具備「特定」的解釋，例如：

the special girl　　　這位特別的女孩

the beautiful flower　這朵漂亮的花

(二)具備「唯一」的解釋，例如：

the sun　太陽

the moon 月亮

(三)具備「族群」的解釋，例如：

the poor 　（所有）窮人

the rich 　（所有）富有者

the old 　（所有）老年者

(四) 具備「頂級」的解釋，例如：

the best 　　　最好的（人事物）

the most beautiful woman 　　最漂亮的女人

深入分析

☞解決 ”the”和特定名詞的結合

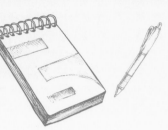

必須要用"the"引導的「名詞」有以下四種使用範圍：

（一）the當作「特定」解釋

「特定」的意思是指此「名詞」在句子中具有「特殊的意思」，例如在一群人當中，其中「某一個穿黑衣的人」、「某一個戴眼鏡的人」，當這一個人和其他人不一樣，具有某一種特殊的意義時，其「名詞」前面就要加上「定冠詞」"the"，例如：

⇨ Do you know **the** man talking to **the** boss?

你認識那個和老闆說話的男人嗎？

「定冠詞」"the"的特定性用法非常廣泛，可以有以下的使用範圍：

Chapter 2

冠詞

1.特定範圍：人

the person in black　穿黑衣的人

the famous magician 有名的魔術師

the girl with glasses　戴眼鏡的女孩

2.特定範圍：身體

the head　　　頭

the neck　　　脖子

the chest　　　胸膛

the hands　　　雙手

the legs　　　腿

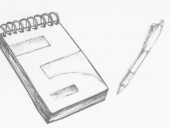

3.特定範圍：動/植物

the flower	花朵
the tree	樹
the animal	動物
the fish	魚

4.特定範圍：事件

the question	問題
the wedding	婚禮
the first time	第一次

5.特定範圍：時間

the Monday　　　星期一

the day　　　　日子

the month　　　月份

the year　　　　年

The Middle Ages　中世紀

6.特定範圍：物品

the chair　　　椅子

the computer　電腦

the truck　　　貨車

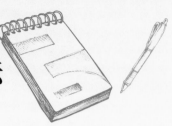

the bridge	橋
the painting	畫作
the novel	小說
the movie	電影
the last page	最後一頁

(二) the當作「唯一」解釋

「唯一」的意思是指此「名詞」代表獨一無二的特殊地位，例如太陽、月亮、冥王星、太陽系、銀河系等在自然界中都是「唯一」的現象，而「國家」在這個地球上也應當是唯一的一個，例如不會有第二個美國或英國，凡此具有「唯一」地位的名詞，都要加定「冠詞」"the"。

1.特定範圍：自然現象

the sun	太陽
the moon	月亮
the wind	風
the sea	海

2.特定範圍：方向

the East	東方
the South	南方
the West	西方
the North	北方

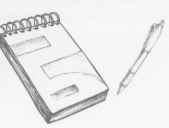

3.特定範圍：地理

the Pacific　　太平洋

the Atlantic　　大西洋

the Caribbean 加勒比海

the Sahara　　撒哈拉沙漠

the world　　世界

4.特定範圍：人

the only child 唯一的孩子

the person　　人

冠詞

5.特定範圍：身份

> the King　　國王
>
> the Queen　　皇后

6.特定範圍：神鬼

> the Lord　　上帝

（三）the當作「特定族群」解釋

「特定族群」係指某些人具有相同的身份背景、特色等，聚集成為一個特定族群的統稱，或在特定上下文中已提及的，例如「一群中國人」、「一群法國人」，或是具有相同現象的族群，例如「一群窮苦的人」、「一群老人」等。另外，當指特定某一年代時，也要加「定冠

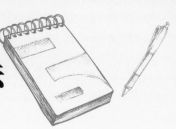

詞」"the"，例如「90年代」就是指一九○○年至一九九九年這一百年間的時間，所以特指「九○年代」(the 90s)時，也要加"the"。

1.特定範圍：家族成員

the Whites　　懷特家的人

2.特定範圍：特定族群

the poor　　窮人

the old　　老人

the children　　小孩

the living　　人類

the one 　　　這一個(人、事或物)

3.特定範圍：國籍

the Chinese　中國人

the Japanese　日本人

the American　美國人

4.特定範圍：學科

the science　　科學

the art　　　　藝術

the law　　　　法律

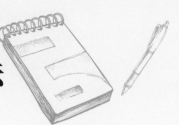

5.特定範圍：時代

> the 80s　　　　　　八〇年代

（四）頂不頂級很重要

　　只要是代表「頂級」、「最棒」、「最優秀」的形容詞，前方就一定會有「定冠詞」"the"，以下是幾種常用的「頂級」表示，您不妨多多背誦，以後只要一看到含有這些「形容詞」的「名詞」時自然會想到「定冠詞」"the"。

good好的	the best最好的
great好的	the greatest最好的
big大的	the biggest最大的
small小的	the smallest最小的
high高的	the highest最高的

short矮的   the shortest最矮的

hot熱的   the hottest最熱的

cold冷的   the coldest最冷的

old老的   the oldest最年長的

young年輕的   the youngest最年輕的

close近的   the closest最近的

far遠的   the farthest最遠的

bad壞的   the worst最壞的

safe安全的   the safest最安全的

expensive昂貴的   the most expensive最昂貴的

cheap便宜的   the cheapest最便宜的

beautiful漂亮的   the most beautiful最漂亮的

friendly友善的   the friendliest最友善的

popular受歡迎的   the most popular最受歡迎的

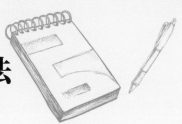

【例句】

✔ John forgot to get **the** book back.

約翰忘記拿書回來了。

✔ William is **the** only child in my family.

威廉是我家唯一的孩子。

✔ **The** hunter caught the ox by **the** horns.

獵人抓住野牛的角。

✔ Mark patted me on **the** shoulder.

馬克拍我的肩膀。

✔ **The** Browns are going to visit Chris next month.

布朗一家人下個月要去拜訪克里斯。

✔ On **the** Monday after Christmas, he came home with his kids.

在聖誕節過後的星期一，他和他的孩子們一起回家。

✔ Did you see **the** sun raised?

你有看見日出嗎？

✔ It's **the** most expensive car I have ever

bought.

這是我買過最貴的車子。

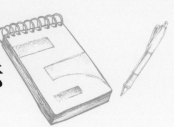

四、和「冠詞」無緣的特例

不是人人都戴得起「冠詞」高帽

並不是所有的名詞都需要「冠詞」這頂大帽子，這種無須和「冠詞」連用的「名詞」，就是「零冠詞」的概念。這麼記憶吧，「既然不需要冠詞這頂高帽，表示是性格獨特的名詞」，包括「不可數名詞」（如rice）、「複數名詞」（如apples）和「專有名詞」（如Taiwan）。

(一)在「不可數名詞」之前通常不加「冠詞」

(O) What would you like to eat for dinner?

(X) What would you like to eat for the dinner?

(O) I'd like a glass of water.

(X) I'd like a water.

(二)在「複數名詞」之前不能加「冠詞」"a/an"

(O) How many kids do you have?

(X) How a kids do you have?

(三)在「專有名詞」之前通常不加「冠詞」"a/an"
或"the"

(O) I come from Taiwan.

(X) I come from the Taiwan.

(O) I am Susan.

(X) I am the Susan.

有哪些「專有名詞」是不能加「冠詞」的呢？請注意
以下的類別：

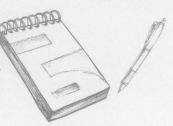

(一)國家名不能加「冠詞」

Afghanistan	阿富汗
Argentina	阿根廷
Belgium	比利時
Canada	加拿大
American	美國
Australia	澳大利亞
Brazil	巴西
Switzerland	瑞士
China	中國
Cuba	古巴
Germany	德國
Denmark	丹麥

Egypt	埃及
Spain	西班牙
France	法國
Greece	希臘
Hungary	匈牙利
Israel	以色列
South Africa	南非
India	印度
Iraq	伊拉克
Italy	義大利
Japan	日本
Malaysia	馬來西亞
Norway	挪威

New Zealand	紐西蘭
Poland	波蘭
Portugal	葡萄牙
Sweden	瑞典
Singapore	新加坡
Turkey	土耳其

請注意：以下的國家名稱要加"the"

the USA	美國
the United States	美國
the United Staes of America	美國
the United Kingdom	英國
the Netherlands	荷蘭

the Maldives　　　　馬爾地夫

【例句】

✔ **Germany** is an important economic power.

德國是一個重要的經濟力量。

✔ He's just returned from **Japan**.

他剛從日本回來。

✔ I'm visiting **the United States** next week.

我下星期要拜訪美國。

(二)語言名不能加「冠詞」

English　英文

Chinese　中文

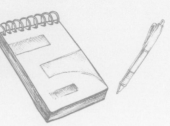

French 法文

German 德文

Spanish 西班牙文

Japanese 日文

【例句】

✔ **French** is spoken in Tahiti.

大溪地是使用法文。

✔ **English** uses many words of Latin origin.

英文使用許多拉丁字源。

(三)三餐名稱不能加「冠詞」

breakfast 早餐

dinner　　晚餐

lunch　　午餐

【例句】

✔ **Breakfast** is the first meal of the day.

早餐是一天的第一餐。

✔ **Lunch** is at midday.

午餐在中午。

✔ **Dinner** is in the evening.

晚餐在晚上。

(四)人名不能加「冠詞」

Susan　　　　蘇珊

John　　　　　約翰

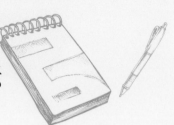

Mr. Brown	布朗先生
Miss White	懷特小姐
Mrs. Litter	利特太太

請注意：若是表示「全家人」的意思，則要加上「冠詞」，例如：

We're having lunch with **the** Smiths tomorrow. （我們明天要和史密斯一家人吃午餐。）

【例句】

✔ **John** is going to the party.

約翰要去參加舞會。

✔ **George King** is my uncle.

喬治‧金恩是我的叔父。

(五)有職稱的名字不能加「冠詞」

Dr. Wang	王博士
Judge Davis	戴維斯法官
Princess Diana	戴安娜王妃

請注意：若是唯一的職位，則需要加「冠詞」，例如：

| the Queen of England | 英國女王 |
| the Pope | 教宗 |

【例句】

✔ **Prince Charles** is **Queen Elizabeth's** son.

查爾斯王子是伊麗莎白女王的兒子。

✔ **Dr. Watson** is my friend.

華生博士是我的朋友。

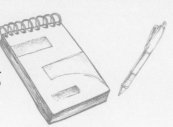

> ✔ **Professor White** is coming next week.
>
> 懷特教授下星期會來。

(六)所有格之後的名詞不能加「冠詞」

何謂「所有格」？英文的「所有格」就是等於中文的「我的」、「你的」、「他們的」……的意思。「所有格」之後的「名詞」不能加「冠詞」，亦即在「所有格」與「名詞」之間，不能夠出現「冠詞」，例如不能說"his a book"，而是必須"his book"。「所有格」有以下幾種：

my	我的
our	我們的
your	你（們）的
his	他的

her	她的
their	他們的
its	它的
Maria's	瑪麗亞的

【例句】

✔ This is **his** brother's car.

這是他哥哥的車子。

✔ That is **Peter's** house.

那是彼得的房子。

(七)專業職稱不能加「冠詞」

| architecture | 建築學 |

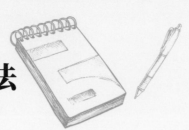

| engineering | 工程 |
| medicine | 醫藥界 |

【例句】

✔ **Engineering** is a successful career.

工程是一種成功的事業。

✔ He'll probably go into **medicine**.

他可會進入醫藥界。

(八)商店名稱不能加「冠詞」

大多數的商店名稱是不需要加"the"的，但有些商店名稱可能本來就包含"the"，所以最好參考具體商店的官方名稱。

【例句】

✔ Can you go to **7-11** for me?

你能幫我去7-11便利超商嗎？

✔ Let's go to **Starbucks** for a cup of coffee.

我們去星巴克喝杯咖啡吧！

(九)年份不能加「冠詞」

西元年份通常被視為概念或時間單位，而不需要定冠詞"the"。

【例句】

✔ **1970** was a wonderful year.

西元一九七〇年是很棒的一年。

✔ Do you remember 2002?

你記得的二〇〇二年嗎？

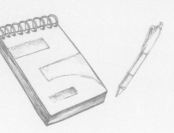

(十)不可數名詞不能加「冠詞」

advice	建議
baggage	行李
luggage	行李
homework	功課
housework	家事
behavior	行為
criticism	批評
pollution	污染
equipment	設備
evidence	證據
progress	進步
research	研究

furniture	家具
scenery	風景
garbage	垃圾
water	水
sweat	汗水
war	戰爭
knowledge	知識
information	訊息
luck	運氣

【例句】

✔ **Rice** is the main food in Asia.

米食是亞洲的主食。

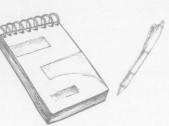

✔ **Milk** is often added to tea in England.

在英國，經常在茶飲中加入牛奶。

✔ **War** is destructive.

戰爭是具破壞性的。

(十一)獨立的山嶽、湖泊、島嶼名稱不能加「冠詞」

【例句】

✔ **Mount McKinley** is the highest mountain in Alaska.

麥克連山是阿拉斯加最高的山。

✔ She lives near **Lake Windermere**.

她住在靠近威彌爾湖。

✔ Have you visited **Long Island**?

你有去過長島嗎?

(十二)城市、街道、車站、機場名稱不能加「冠詞」

【例句】

✔ **Victoria Station** is in the center of London.

維多利亞車站位於倫敦市中心。

✔ Can you direct me to **1st Street**?

你能告訴我第一街在哪個方向嗎?

✔ She lives in **Tokyo**.

她住在東京。

(十三)特定的名詞表達法不能加「冠詞」

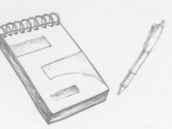

by car	開車
by train	搭火車
by air	搭飛機
by plane	搭飛機
on foot	步行
on holiday	在假日
on air	廣播中
at school	在學校
at work	在工作
at university	在大學
in church	上教堂(做禮拜)
in prison	在獄中(服刑中)
in bed	睡覺

【例句】

✔ Both of Brian's parents are **in prison**.

布萊恩的父母都在獄中。

✔ What do you do **on holiday**?

假日時你都在做什麼？

✔ Mr. White is **at work** now.

懷特先生正在工作。

Chapter

3

動詞

一、「動詞」的人際關係

基本概念

一句英文，只能有一個動詞

中文的動詞規則很簡單，沒有時態也沒有單、複數的形式，因此在學習英文的「動詞」(verb)時，我們常常會忽略了「動詞」的各種變化形式。

英文動詞的時態和語態用法受到句子結構的影響，而英文的動詞在時態不同的狀況下，有許多規則或不規則的變化。本單元從最基礎的架構，讓您一次就記住該如何正確地使用「動詞」。

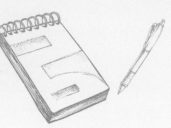

句型

【架構】主詞+動詞

【中文】我喜歡跑步。

【英文】(O) I like to run.

(X) I like run.

☠ 陷阱：「動詞」與「動詞」是好朋友？

在英文中，兩個「動詞」可以成為手牽手的好朋友嗎？答案是不能的。

英文句子的組成架構中，是由"主詞+動詞"所構成的。亦即，一句英文的簡單句(simple sentence)中，只能有一個「動詞」。「動詞」與「動詞」是「王不見王」的緊

張關係。在上述句子中，中文「我喜歡跑步」，英文若是寫成"I like run."，這是犯了英文文法的大錯誤，因為中文「喜歡跑步」的使用方式，容易讓我們脫口而出"I like run."，此時便犯了雙動詞的錯誤。

請記住，「動詞」與「動詞」是「王不見王」的，千萬不能讓兩個「動詞」直接碰面喔！

深入分析

🔹解決 「動詞」之間的第三者

如果句子中真有兩個「動詞」需要表達，該如何表示呢？記住「動詞王不見王」的原則，以「我喜歡跑步」為例，"like"(喜歡)和"run"(跑步)都是「動詞」，它們之間需

要第三者來當他們中間的協調人，這個介入他們之間協調
關係的第三者就是「不定詞」(infinitive)。

是哪個神通廣大的傢伙可以擔任兩個動詞之間的協調
角色？答案就是"to"。

【架構】主詞+動詞+to+原形動詞

【定義】

"to"的詞性沒有固定性，如果單純說"to"的作用，則依
據"to"後面字與字的關係來決定詞性。當"to"和「動詞」結
合後，例如"want to go"，此時"to"就成為「不定詞」，最
主要的工作就是連接兩個「動詞」（want和go）。有表達
「未來目標」的意思，例如若是"go to school"，則因為"-

school"是「名詞」，則"to"的作用就是表示方向或引導出

目的的(school)，表示「去學校」。

【例句】

✔ I **like to run**.

我喜歡跑步。

✔ I **want to go** now.

我現在就想要去。

✔ He **agreed to help**.

他答應了要幫忙。

✔ I **plan to visit** my younger sister.

我計畫要去拜訪我的妹妹。

✔ I **need to eat** something.

我需要吃些東西。

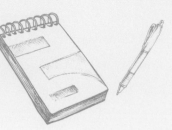

很危險！

小心喔！「動詞」與「動詞」不能直接面對面連接，所以需要"to"介入，但並不是每個「動詞」都適合和"to"結合而形成不定詞，例如以下的「動詞」就只能是"動詞ing"的形式：

quit 放棄、停止

enjoy 享受

keep 保持

mind 介意

avoid 避免

動詞

delay　延遲

finish　完成

【例句】

He has quit **smoking**.他戒菸了！

I enjoy **playing** card games.我很喜歡玩牌。

They keep **walking** ahead.他們持續走在前面。

I don't mind **having** a roommate.我不介意有室友。

　　還有一種「動詞」是屬於「感官動詞」，後面只能加「原形動詞」或是「G動詞」，不能加「動詞過去式」或"to+原形動詞"，例如：

see　　看見

Basic of
English Grammar
Just for You

watch	觀看
hear	聽見
listen to	聆聽
look at	凝視
feel	感覺
smell	聞
notice	注意

【例句】

I **saw** her **dancing** with him.我看見她和他跳舞。

I **watched** him **get** into a cab.我看著他坐上計程車。

I **heard** a car door **closing**.我聽見關車門的聲音。

二、第三人稱單數的現在式「動詞」變化

基本概念

「動詞」的「應景襪子s」

　　在英文中，「動詞」是一個重視禮儀的傢伙，會因為所跟隨的「主詞」不同，而穿上不同的「應景襪子s」！可以說英語動詞的變化取決於主詞的人稱和數量，特別是當「主詞」為第三人稱單數形式(he/she/it...等)，又符合「現在簡單式」的時態，「動詞」就會穿上「應景襪子s」！而這些動詞因為時態及主詞的關係所產生的變化，又會有規則或不規則的變化。

句型

| 【架構】第一人稱主詞+原形動詞 |
| 第二人稱主詞+原形動詞 |
| 第三人稱主詞單數+動詞+es/s |

【中文】她在喝柳橙汁。

【英文】(O) She drinks a glass of orange juice.

(X) She drink a glass of orange juice.

☠ 陷阱：「動詞」只能是「原形」面貌？

在英文中，「動詞」是一個善變的傢伙，會根據「主詞」(subject)的不同，「動詞」也要變換面貌，這就好比

「人要衣裝，佛要金裝」一樣，「動詞」也有不同的衣服可以穿的喔！

為了因應不同的「主詞」變化，「動詞」可是有準備一雙「應景襪子s」來變裝！

當句子的「主詞」為第三人稱、單數，又符合「現在簡單式」的時態，就要在「動詞」後面加上一個"s"。我們戲稱這個加一個"s"的動作，是不是就好像是幫「動詞」穿上「s襪子」一樣呢？有趣的是，剛好「襪子」就叫做"socks"！

深入分析 ‥‥‥‥‥‥‥‥‥‥‥‥‥‥‥‥‥‥‥‥

解決 「動詞」的化妝舞會

以人為「主詞」來說明，人稱主詞有三種樣式：第一

人稱、第二人稱、第三人稱,再加上人稱主詞單、複數的

不同,「動詞」就必須執行不同的變裝形式。

句型

【架構】

第一人稱單數	I	
第一人稱複數	we	
第二人稱單/複數	you	+原形動詞
第三人稱複數	they	
第三人稱單數	he/she/it/人名	+動詞s

【定義】

英文的「動詞」為表示各種區別,有時態的變化,其

中以原形、過去式、過去分詞的三種變化為基本形式,這

就是「動詞」的活用變化。

「動詞」的活用變化中，又包括當「主詞」為第三人稱單數現在式時，「動詞」也必須變化為單數動詞的形式，一般說來，是在「動詞」字尾加上"s"的方式。但是並不是每個「動詞」的單數形式都是加上"s"的樣式喔，「單數動詞」所穿的「應景襪子s」可是有許多款式，包括"s/es/ies"！以下是常見的「一般動詞」穿上「應景襪子s」的變化：

動詞原形	動詞+s	中文
come	comes	過來
make	makes	製造
give	gives	給予

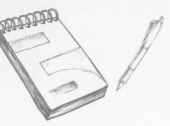

get	gets	得到
take	takes	拿取
write	writes	書寫
read	reads	閱讀
call	calls	打電話
ask	asks	詢問
answer	answers	回答
like	likes	喜歡
speak	speaks	說話
drive	drives	駕駛
change	changes	改變
stand	stands	站立
sit	sits	坐

動詞

swim	swims	游泳
run	runs	跑步
walk	walks	走路
look	looks	看見
hear	hears	聽見
sing	sings	唱歌
smoke	smokes	抽菸
close	closes	關閉
open	opens	打開
eat	eats	吃
drink	drinks	喝

動詞在某些情況下，會在原形的基礎上加上"es"作為

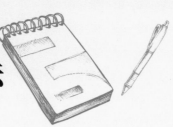

變化的字尾。當動詞以"s/x/ch/sh/z"結尾時，若是第三人稱

單數形式，動詞會加上"es"。

動詞原形	動詞+es	中文
pass	passes	通過
fix	fixes	修理
teach	teaches	教授
watch	watches	看見
brush	brushes	刷
buzz	buzzes	嗡嗡聲

而當動詞以"o"結尾，前面是子音字母時，第三人稱單

數形式也會加上"es"。

動詞原形	動詞+es	中文

go	goes	去
do	does	做
echo	echoes	迴聲

　而當動詞的字尾為"y"，且該字尾前面是子音字母時，通常在變化成第三人稱單數形式時，則需要將字尾"y"改為"ies"。

動詞原形	動詞+ies	中文
study	studies	學習
try	tries	嘗試
cry	cries	哭泣
carry	carries	搬運
fly	flies	飛翔

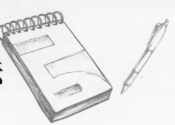

| deny | denies | 否定 |

請注意，這個規則僅適用於在"y"的前面是子音字母的情況下。如果"y"的前面是母音字母，則不需要改變"y"，仍然只需要直接在動詞後面加上"s"即可。

動詞原形	動詞+s	中文
play	plays	玩耍
say	says	說話
enjoy	enjoys	享樂

此外，英文中的"have"是一個特殊的動詞，它在第三人稱單數形式時，變化為"has"。例如：

I have a book.

He has a book.

動詞原形	慣用法	中文
have	has	擁有

【例句】

✔ She **makes** a sandwich.

　她做一份三明治。

✔ It **runs** fast.

　它跑得很快。

✔ He **watches** TV every night.

　他每天晚上看電視。

✔ David **changes** his mind.

　大衛改變他的想法。

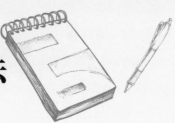

✔ Mr. Smith **teaches** us English.

史密斯先生教我們英文。

✔ She **gets** up very early.

她很早起床。

三、「動名詞」的精彩人生

 基本概念

「動名詞」的「聯姻宿命」

英文中的「原形動詞」自己過得很愜意，卻因為某些天生的宿命，常常需要變裝改變身份，可以戲稱"ing"就是幫助「動詞」變裝成為「動名詞」的「拖油瓶」。

但是「動詞」與"拖油瓶ing"的聯姻，並不能滿足「動詞」多變人生的性格。

句型

【架構】動詞+ing

【中文】我正打算要回家。

【英文】(O) I am planning to go home.

　　　　(X) I am planing to go home.

☠ 陷阱：動名詞和"拖油瓶ing"之間的恩怨

　　「動詞」另一個變化的形式就是"原形動詞ing"（我們簡稱為"G動詞"）。"G動詞"的形式包括「現在分詞」（present participle）和「動名詞」(gerund)，兩者的變化形式完全相同。一般來說，"G動詞"是在「原形動詞」的後面加上"ing"即可。

　　但是要特別注意，「動名詞」和「現在分詞」所要傳達的意思並不相同。(詳見P185說明)

深入分析

☛解決 「動詞」和"ing"的結合

一般來說 ，"G動詞"的表現形式是在「原形動詞」後
面直接加上"ing"即可，例如：

```
go      →    going

teach   →    teaching

study   →    studying

think   →    thinking

look    →    looking

read    →    reading

sing    →    singing
```

但是有幾種情形下，"G動詞"可不會乖乖地和"ing"結合，有一些「動詞」會帶著一個「拖油瓶字母」，成為以下架構：

句型

【架構】動詞+拖油瓶字母+ing

而這個「拖油瓶字母」的角色，可不是隨隨便便亂搗蛋的角色，他可是依照「原形動詞」的字母架構而產生變化的。

(一)去e，加ing

「動詞」以不發音的字母e結尾時，必須將動詞的尾

部e去掉後，再加ing。例如：

arrange	→	arranging
become	→	becoming
make	→	making

(二)不去e，也可以加ing

但並不一定遇到e就要執行"去e，加ing"的指令，若是「動詞」以字母e/ee結尾，但該字母有發音，或以oe/ye結尾時，是可以直接加ing，例如：

be	→	being
see	→	seeing
eye	→	eyeing
shoe	→	shoeing

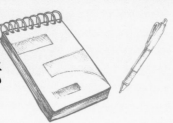

(三)將ie變為y後，再加ing

"拖油瓶ing"真是個刁鑽的傢伙，總是立了很多的規則，像是當「動詞」以字母ie結尾時，將ie轉變為y後，再加ing，例如：

die	→	dying
lie	→	lying
tie	→	tying

(四)單音節重複字尾，再加ing

若是「動詞」是[一個母音字母+一個子音字母(包括字母r)結尾]的單音節字時，則需要重複字尾的字母後，再加ing，例如：

cut	→	cutting

動詞

get	→	getting
run	→	running
stop	→	stopping
star	→	starring
plan	→	planning
win	→	winning
shop	→	shopping

☞ **提示小精靈**

母音字母包含：a / e / i / o / u。

(五)雙音節重複字尾，再加再加ing

「動詞」是以[一個母音字母+一個子音字母(包括字母 r)結尾]的重讀閉音節的雙音節字，則須重複字尾的子音字母後，再加上ing，例如：

admit	→	admitting
begin	→	beginning
prefer	→	preferring

　　要特別注意的是，「動詞」是雙音節的字，重音若是在第一音節，雖然第二音節是由以[一個母音字母+一個子音字母(包括r)]構成的，可是字尾的字母無須重複，可直接加ing。

limit	→	limiting
offer	→	offering

(六)以c結尾發音為[k]，須加字母k，再加ing

　　「動詞」以c結尾，而該字母的發音為[k]時，須加字母k，再加ing，例如：

mimic	→	mimicking
picnic	→	picnicking

(七)有qu的單字，重複結尾的字母

[qu+單母音字母 / 單子音字母]的「動詞」，要重複結尾的字母，再加ing。例如：

equip	→	equipping
quit	→	quitting

【例句】

✔ Your coffee is **getting** cold.

你的咖啡變冷了！

✔ They are **running** so fast.

183

他們跑得好快。

✔ When will it stop **snowing**?

什麼時候會停止下雪？

✔ Please stop **pushing**.

請不要推！

✔ We enjoy **watching** the birds fly over the water.

我們很喜歡觀賞鳥群飛過水面。

✔ Are you **planning** to fly or drive to Toronto?

你計畫要搭飛機或是開車到多倫多？

很危險！

小心喔！某些「動詞」是沒有「現在分詞」的用法，例如「我知道了」就是"I know it"，而不能說"I am knowing it"，因為「知道」是一種認知的事實，不會產生「正在知道」的情境。

"know"後面加"ing"的「現在分詞」在文法上沒有錯，但實際上，在句子的應用中卻不會如此使用，所以筆者戲稱以下的「動詞」是「現在分詞的頭號敵人」。以下這些單字可都是沒有進行式，使用上要特別小心喔！

| want | 想要 |
| need | 需要 |

love	愛
prefer	偏好
wish	希望
believe	相信
like	喜歡
hate	討厭
agree	同意
remember	記住

四、「be動詞」也是動詞家族的一員

基本概念

不一定有動作才是動詞

　　學習第二外語最困難的地方就是要記住一堆和母語完全不同的文法規則，以英文來說，在學習「動詞」的過程中，往往會錯誤地以為「動詞」就是「有動作的詞」，這是錯誤的觀念，也因為這個錯誤的認知，才容易犯了將兩個「動詞」連接在一起的錯誤用法。

　　在英文中，還有一種「動詞」是隱身角色，那就是「be動詞」。這個「be動詞」和具有動作的「一般動詞」

不同，也是英文簡單句中的重要架構之一。

句型

> 【架構】 主詞+be動詞+補語
>
> 【中文】 我是他的妹妹。
>
> 【英文】 (O) I am his younger sister.
>
> (X) I is his younger sister.

☠ 陷阱：「be動詞」會從一而終？

「be動詞」的原形就是"be"，所以我們都稱為「be動詞」。而「be動詞」有哪些呢？包含"am/are/is/was/were"等，都是屬於「be動詞」，而不同主詞有不同的「be動

詞」搭配使用。

深入分析

🖝解決 「be動詞」是千面女郎

　　英文的「be動詞」是一個重要的動詞，用來表示存在、狀態、身份、職業等。它在句子中常用作連結動詞，將主詞和形容詞、名詞、副詞等連接起來。

　　為什麼說「be動詞」是一個「千面女郎」呢？因為根據「主詞」的不同，「be動詞」有多種形式，會跟著產生對應的使用變化，所以才戲稱「be動詞」是一個多種面貌的「千面女郎」！

句型

【架構】

第一人稱單數 I + am/was

第一人稱複數 we

第二人稱單數 you

第二人稱複數 you ⎤ + are/were

第三人稱複數 they

指示代名詞複數 these/those

第三人稱單數 he/she/David/it ⎤ + is/was

指示代名詞單數 this/that

【定義】

英文的「be動詞」包含原形"be"及變化形"am/are/is/was/were"，「be動詞」的解釋非常廣泛，大部分可以表示存在、狀態、身份、職業等，但很多時候，很難單獨解釋「be動詞」的中文意思，例如：

⇨ I'll be seeing a friend off.

我要替朋友送行。

上述句子在中文的翻譯中，"be"就很難解釋真正的原意。而國人常常在學習英文時，誤將「be動詞」當成不是「動詞」的一員，而犯了雙動詞的錯誤。請記住，「be動詞」也是「動詞」的一員。同樣上述句子中，"be"和"see"都是「動詞」，就必須將後面的"see"變化為"seeing"。

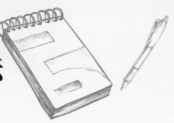

【例句】

✔ I **am** a teacher.

我是一位老師。

✔ I **am** going to the store.

我正在去商店。

✔ You **are** my best friend.

你是我最要好的朋友。

✔ He **is** my younger brother.

他是我弟弟。

✔ She **is** studying in the library.

她正在圖書館裡念書。

✔ She **was** a dancer.

她以前是舞者。

✔He **was** feeling tired yesterday.

他昨天感到疲倦。

✔ They **were** rich.

他們以前很富有。

✔We **were** at the party last night.

我們昨晚在派對上。

✔They **were** good friends when we **were**

in college.

他們在大學時是好朋友。

✔We **were** watching a movie when the

power went out.

當停電時，我們正在看電影。

五、「動詞」的否定句型

基本概念

動詞否定句不能落單

　　「動詞」的否定句型是用來表達否定的陳述句。在英文中，「動詞」的否定句型通常會需要其他的助力來協助形成否定句，因為「動詞」的性格是活潑好「動」的，所以不會孤伶伶的一個人存在，特別是在形成「否定句」時，「動詞」有許多「好朋友們」會挺身而出幫「動詞」壯大聲勢。而這些好朋友們包括「助動詞」和"not"所搭配而成的否定句型。

句型

【架構】助動詞+not+原形動詞

【中文】我不知道！

【英文】(O) I don't know.

(X) I not know.

陷阱：只要加not就是否定句？

中文的否定句通常是用「不」或「沒有」的字詞來表達，例如：「我想要吃飯」的否定句就是「我『不』想要吃飯」，或是「我有打電話給他」的否定句為「我『沒有』打電話給他」。

英文的否定為"not"，但是可別錯誤地將中文的文法結

構套用在英文上,而單純地用"not"表示。

　　英文的「動詞」沒有勇氣直接表達否定的概念,否定動詞需要強而有力的朋友拉他一把,這群有情有義、有理想的朋友們就是「助動詞否定式」,亦即"助動詞+not+原形動詞"的結合策略。

深入分析 ……………………………………………………

解決 not和「助動詞」或「動詞」結合

　　「否定句」的表達有許多種方式,否定句型的「動詞」包括以下幾種:

(一)be動詞否定句型:直接加not

【架構】be動詞+not

由「be動詞」所組成的「肯定句」若是要改為「否定句」時，則直接在「be動詞」後面加上"not"，例如：

[肯定句]

I am a student.

我是學生。

[否定句]

I am not a student.

我不是學生。

(二)助動詞否定句型：助動詞後面加not

197

【架構】 助動詞+not+原形動詞

　　由「一般動詞」所組成的肯定句，若改為否定句時，

則需要由"助動詞+not"引導在「一般動詞之前」，例如：

[肯定句]

She likes this guy.

她喜歡這傢伙。

[否定句]

She does not like this guy.

她不喜歡這傢伙。

　　要注意的是，「肯定句」的「動詞」若為不同人稱的「動詞」變形，則「助動詞」也需依循「動詞」的變形而有使用"do/does"或"did"的不同，例如：

[肯定句]

I made a sandwich.

我做了三明治。

[否定句]

I did not make a sandwich.

我沒有做三明治。

【定義】

原則上只要句子中有"not"或"no"，就是否定句型，但

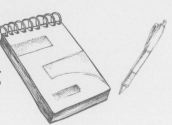

是在某些句子中，就算沒有"not"或"no"，也可以是「否定句」，例如：

▷ I dislike that guy.

　我不喜歡那傢伙。

▷ She was unable to come.

　她無法前來。

【例句】

✔ This is **not** a dog.

　這不是一隻狗。

✔ I am **not** an English teacher.

　我不是英文老師。

✔ She is **not** my friend anymore.

她不再是我的朋友。

✔ I **do not** think so.

我不這麼認為。

✔ They **do not** want to leave.

他們不想離開。

✔ We **do not** have any plans.

我們沒有任何計畫。

✔ Susan **does not** have a sister.

蘇珊沒有姊妹。

✔ It **does not** work.

沒有用的！

✔ She **did not** understand what you said.

她不瞭解你說的話。

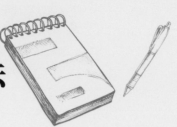

六、「助動詞」的影響力

基本概念

「助動詞」為「動詞」衝鋒陷陣

　　「助動詞」(auxiliary verb)本身沒有意義，主要是幫助「動詞」衝鋒陷陣。因為不論是陳述句或是疑問句，「助動詞」的位置是永遠在「動詞」的前方。

　　不論是肯定句或是疑問句，只要有「助動詞」存在，「助動詞」會像照妖鏡般，逼得「動詞」乖乖現出原形，亦即「動詞」在「助動詞」之後，一定會是「原形動詞」的型態。

句型

> 【架構】 主詞+助動詞+原形動詞
>
> 【中文】我會游泳。
>
> 【英文】(O) I can swim.
>
> (X) I can swimming.

☠ 陷阱：「助動詞」出現在「動詞」之後？

在一般的簡單句型中，不論是肯定句或是疑問句，「助動詞」一定出現在「動詞」之前，亦即「助動詞」是幫助「動詞」領航、衝鋒陷陣的，絕對不可能出現「動詞」在「助動詞」之前的錯誤發生。

深入分析 ....

💬解決 「助動詞」是老大哥

　　筆者戲稱，「『助動詞』是老大哥」是幫助讀者瞭解「助動詞一定在動詞之前」，是指「簡單句」(simple sentence)。但若是連結詞串連的句子或有子句的情況，則看起來會誤以為「助動詞」在「動詞」之後，例如：

⇨ She said David would come.

　　她說大衛會來。

　　但其實分析句子的結構，還是會發現，"would"仍是在"come"之前引導，所以說，「『助動詞』是一定在『動

詞』之前」的原則不變。

[肯定句]

主詞+助動詞+原形動詞

[疑問句]

助動詞+主詞+原形動詞

【定義】

　「助動詞」是一類用於幫助構成句子時態、語氣、否定和疑問等特殊含義的動詞。它們在句子中通常與其他動詞一起使用，以提供更多的語法和語義的資訊。助動詞在句子中發揮輔助的作用，幫助說明句子的意思。

常見助動詞包括do和情態動詞（如can、will、should等）。它們的使用方式和含義有所不同，具體取決於句子的情境和需要表達的意思。

通過使用助動詞，我們可以構建各種不同的句子形式，包括肯定句、否定句、疑問句等，以更準確地表達句子的意思。「助動詞」在英文語法中扮演著重要的角色，對於理解和使用英文的時態、語氣和語法結構至關重要。

(一)助動詞"do"

「助動詞」"do"的形態還有"does"、"did"，可依不同的「主詞」或「時態」，使用不同的「助動詞」。

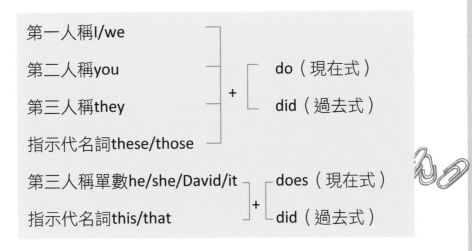

一般來說，助動詞"do"有以下幾種用法：

1.一般動詞和助動詞

"do"性格特殊，可以有二種不同的身份，一個是「助動詞」，一個是「一般動詞」，例如：

⇨ What *did* you <u>do</u> yesterday?

你昨天在做什麼？

⇨What *do* you think about it?

你覺得呢？

⇨I <u>did</u> nothing. I *did* not <u>do</u> anything.

我沒做！我什麼事都沒有做。

　　在上述的例句中，斜體的"did"及"do"是表示「助動詞」，加底線的"do"和"did"則是「一般動詞」。

　　2.用於疑問句

　　「助動詞」"do"還是「疑問句」的大功臣，例如：

▷Do you play the piano?

　你會彈鋼琴嗎？

▷ Does she like you?

　她有喜歡你嗎？

　3.用於否定句

　　「助動詞」"do"和"not"搭配，還可以成為「否定句」

的重要推手：

▷I do not understand this lesson.

　我不懂這一課。

⇨ She does not answer my call.

　她沒有接我的電話。

　4.用於加強語氣

　「助動詞」"do"可以加強句子的陳述力量，也就是加

強語氣的句型：

⇨I do love this movie!

　我真的非常喜歡這部電影！

⇨ Do go to school.

　要去學校!

5.用於代替動詞

在回答的句子中，為了避免「動詞」重複使用，「助動詞」"do"可以當替身，以代替前面句子所提「動詞」的身份：

▷ Q：Do you go to the movies?

A：Yes, I do.

A：No, I do not.

(二)助動詞"can"和"could"

可以用來表示「能力」、「許可」的作用。和「助動詞」"do"一樣，後面所接的「動詞」也必須是「原形動詞」。簡單來說，"could"可以視為"can"的過去式用法，

以表示「過去的能力」。而"could"也可以是婉轉的客氣表
示。

【架構】
can/could ＋ ┌ 原形動詞
              └ not+原形動詞

「助動詞」"can"可以表示「能力」、「許可」和「可
能性」，例如：

⇨ I can swim very well.

我很會游泳。

⇨ You can not go out.

你不可以出去。

⇨ I could do so.

我應該可以這麼做。

⇨Could you please help me with this?

你能幫我一下嗎?

　　若與否定詞連用，則可以表示否定的推論，表示「不可能…」，例如：

⇨ It cannot be true.

不可能會是真的!

⇨ Can it be true?

有可能是真的嗎？

　　既然提到「能力」的用法，不得不提和"can"很類似的片語"be able to"。表示能力的"can"沒有特指時態，而"be able to"則多半表示「未來式」或「完成式」，例如：

⇨ I can swim.

　我會游泳。

⇨ I won't be able to visit you on Saturday.

　這個星期六我無法去拜訪你。

　　(三)助動詞"may"和"might"

　　助動詞"may"和"might"的解釋非常多，通常表示「推

斷」、「讓步」、「同意」、「能力」的意思，例如：

⇨ May I go out?

　我可以出去嗎？

⇨ It may be true.

　這有可能是真的！

⇨ You may get it here.

　你可以在這裡拿到。

　　而"might"多半表示過去式的間接說法，或是現在狀況
的假想式推論，例如：

⇨He told me that I might go.

　他告訴我可以走了！

▷I should go, if I might.

如果可以的話，我就去。

(四)助動詞"shall"和"will"

「助動詞」"shall"和"will"的用法差別不大，"shall"多半是指「應當」的意思，而"will"則多半表示「未來式」，是「將會…」的意思。這裡將介紹"shall"的用法，而"will"則可以參考P266說明。

「助動詞」"shall"可以表示無關意志力的未來事件，如「能力」、「預定事件」、「提議」等，例如：

▷ Shall I die, if I drink this?

這個喝下去我會死嗎？

⇨ I shall be twenty next month.

我下個月就廿歲了！

⇨ I shall go to see him next week.

我下星期就要去見他。

⇨ Shall we?

我們可以出發了嗎？

⇨Shall we go to the movies tonight?

今晚我們去看電影好嗎？

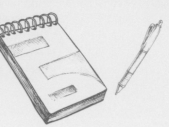

「助動詞」"shall"也可以表示個人意志力的「傳達」

、「允諾某事」、「答應」等，例如：

⇨ You shall have this book.

　這本書送給你。

⇨ I shall do my best to complete the project on time.

　我將盡力按時完成這個計畫。

【例句】

✔ He doesn't like chocolate.

　他不喜歡巧克力。

✔ Do you trust me?

　你信任我嗎?

✔ I don't think so.

　我不這麼認為。

✔She can speak three languages.

她會講三種語言。

✔Can you help me with this?

你能幫我嗎？

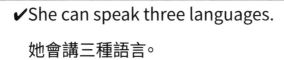

✔ How could you do this to me?

你怎麼能這麼對待我？

✔Shall we go to the movies tonight?

我們今晚去看電影好嗎？

✔You shall have the report by tomorrow

morning.

明天早上你將收到報告。

✔Where shall we meet for dinner?

我們要在哪裡見面吃晚餐？

Chapter

4

句子的時態

一、代表事實、真理的「現在式」

基本概念

存在於「現在」的時空下

在英文中，「現在式」(present tense) 是最基本、也是最簡單的表達方式之一。用以表達現在、目前的狀態或是事實的陳述。

請記住，英文的「現在式」，和「現在正在進行」的句子不同。「現在式」通常是指一種「事實」、「現象」的陳述或是說明，而非表示「現在正在進行」的動作說明。

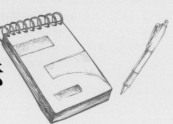

句型

【架構】主詞+動詞現在式

【中文】我每晚都在看電視。

【英文】(O) I watch TV every night.

(X) I am watching TV every night.

☠ 陷阱：「現在式」一定要有now嗎？

「現在式」就是說明「狀態」、「習慣」或是「想法」，無須特定指出「現在」(now)的時間，例如：

▷ David is my best friend.

大衛是我最要好的朋友。

上述句子中，「大衛是我最要好的朋友」是說話當下的一個事實狀態，無須點明「最要好的身份」是「今日」或「昨日」的事實。但若句子改成：

⇨ David was my best friend.

　大衛(過去)是我最要好的朋友

上述句子中，「be動詞」為過去式"was"，則可能有兩種意思：一種是「『以前』大衛是我的好友，但現在不是」，另一種解讀為「大衛已經死了，所以他『生前』是我的好友」。

此外，一般「現在式」若是需要點出和時間或頻繁度相關的說明，多半也是為了輔助此一狀態或現象的事實說明，例如：

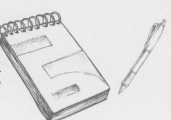

⇨ I always go to work on foot.

我經常走路去上班。

⇨ I do five different exercises every morning.

我每天早上做五種不同的運動。

　　上述句子中"go"和"do"都是「動詞現在式」。句中沒有特別說明是「今天」走路上班，而是利用"always"說明「『總是』走路去上班」的事實。而第二句的"every morning"表示是「每天早上」的事實，不是只有昨天或今天才有運動。

深入分析 ....

☞解決 「現在式」是在說故事！

　　為什麼戲稱「『現在式』是在說故事」呢？因為前文已經說過了，「現在式」是說明一種狀態或陳述事實，而不是特指「現在正在進行的某一個動作」，是一種只存在於「現在」時空下的現狀，或是屬於真理現象的說明。但是國人在學習上卻很容易將「現在式」與「現在進行式」混淆。

　　【架構】 主詞+動詞現在式

　　【定義】

在「現在式」的句子中，不會有過去動詞、過去的時

225

間副詞等說明出現，例如：

(X) She is one of my students yesterday.

你知道上述句子中，哪裡錯誤嗎？問題就出在「時態產生矛盾」。

若是上述句子屬於「現在式」則不應出現"yesterday"（昨天）的時間點。"yesterday"和"is"是相互矛盾的，因為"is"是屬於現在式動詞，此時是不能出現"yesterday"這個過去的時間，正確的表達方式應為：

⇨ She is one of my students.

她是我其中的一位學生。

句子的時態

　　若是屬於「過去式」語句，則應該將「be動詞」"is"
改為過去式動詞"was"，例如：

⇨ She was one of my students.

　　她以前是我其中的一位學生。

【例句】

　✔ I am thirty years old.

　　　我三十歲。

　✔ She likes you.

　　　她喜歡你。

　✔ David is a student.

　　　大衛是學生。

　✔ He works hard.

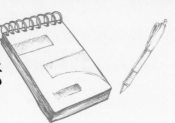

他辛苦工作。

✔ He gets up early every day.

他每天都很早起床。

✔ Susan listens to the radio.

蘇珊在聽廣播。

✔ We don't like you.

我們不喜歡你。

很危險！

小心喔！「現在式」句子中的「動詞」也是使用「動詞現在式」，例如：

He **watches** TV **every day**.

他每天看電視。

　　不論是「be動詞」或是「一般動詞」，會因為「主詞」的不同而必須有相對應的變化使用。

第一人稱單數　　　I　+am/was/do/did

第一人稱複數　　　we

第二人稱單數　　　you

第二人稱複數　　　you　　　+are/were/do/did

第三人稱複數　　　they

指示代名詞複數these/those

第三人稱單數he/she/David/it

指示代名詞單數this/that　　　+is/was/does/did

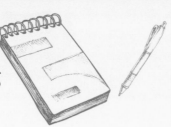

二、事情正在發生：「現在進行式」

基本概念

「現在進行式」正在踢正步

英文的「現在式」是說明一種事實，而「現在進行式」(present progressive tense) 也是一種時態形式，用以強調「目前正在進行」或「繼續進行中」的行為或動作。

句型

【架構】主詞+be動詞+動詞ing

【中文】我現在正在聽廣播。

【英文】(O) I'm listening to the radio now.

(X) I listen to the radio now.

☠ 陷阱：「現在進行式」是行進中的隊伍

因為「現在進行式」的時態特色，筆者戲稱「現在進行式是行進中的隊伍」用以說明此動作是「現在正在進行」、「正在發生」或「正在執行」的狀態，而非陳述習慣性的動作，例如：

➪ I am walking now.

我現在正在走路。

➪ She is reading a book now.

她現在正在看書。

　　表示說話的當下，「我『正在』走路」、「她『正在』看書」，而且還在持續此一動作，再來看看下面的句子：

⇨ We are talking now.

　　我們現在正在說話。

⇨ It is raining now.

　　現在正在下雨。

　　上述兩個句子也都是「現在進行式」的語句。這種常和”now”（現在）、”at the moment”（此刻）結合的句子，強調某動作正在進行(正在說話)、某事件正在發生（正在下雨），就是「現在進行式」。

需要注意的是，現在進行式並不適用於所有情況，有時候可能需要使用其他時態形式來表達動作的狀態或習慣。此外，有一些動詞，例如"like"、"want"、"know"、"see"、"taste"、"have"等，通常不使用現在進行式，而是使用一般動詞現在式。

深入分析

解決 「be動詞」是現在進行式列車頭

因為是「現在進行式」的時態，所以在句子中至少有一個「動詞」的時態是用現在式的"一般動詞+ing"（也就是「現在分詞」present participle）的形態表現。

一般說來，「現在進行式」是利用「be動詞」引導出

「現在分詞」的句型架構，所以筆者戲稱「『be動詞』是『現在進行式』的列車頭」，以方便讀者記憶。

【架構】 主詞+be動詞+動詞ing

但是要特別注意，句子中出現「現在分詞」不等於絕對是「現在進行式」的句型，「現在進行式」只是使用和「現在分詞」很類似的「動名詞」(兩者的形態均為"動詞+ing")，我們戲稱為「G動詞」，千萬不要將兩者畫上等號，例如：

⇨ This is a pair of running shoes.

上述句子有出現「現在分詞」"running"，但是不代表
這是「現在進行式」，所以不能解讀為「有一雙正在跑
的鞋子」！"running"在上述句子中，具有修飾「名詞」
的作用，"running"本身不表示正在進行的動作，而是說
明"shoes"的種類（提供跑步的鞋子），這種用法中，現在
分詞形式通常不表示動作正在進行，而是用於形容名詞的
特徵或性質，所以應該翻譯為「這是一雙跑步鞋」。

【定義】

「現在進行式」是強調事情正在發生、動作正在進
行。因為正在進行的動作，是以「一般動詞」為主，所
以"動詞+ing"的變化就顯得特別重要，以下是一些常用的
「一般動詞」轉變為「現在分詞」的單字：

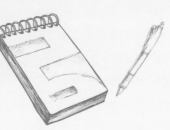

動詞原形	現在分詞	中文
do	doing	做、執行
go	going	去
come	coming	過來
make	making	製造
give	giving	給予
get	getting	得到
take	taking	拿取
write	writing	書寫
read	reading	閱讀
call	calling	打電話
answer	answering	回答
play	playing	玩耍

句子的時態

stand	standing	站立
sit	sitting	坐
swim	swimming	游泳
run	running	跑步
walk	walking	走路
watch	watching	端詳
listen	listening	聆聽
hear	hearing	聽見
sing	singing	唱歌
smoke	smoking	抽菸
close	closing	關閉
open	opening	打開
eat	eating	吃
drink	drinking	喝

【例句】

✔ Where are you **going**?

你要去哪裡？

✔ I am **watching** TV now.

我現在正在看電視。

✔ Are they **playing** soccer?

他們在踢足球嗎？

✔ David is **doing** his homework now.

大衛現在正在寫功課。

✔ She is **singing** a song now.

她現在正在唱歌。

✔ It is **raining** now.

現在正在下雨。

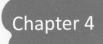

很危險！

　　小心喔！表示「繼續狀態」的「動詞」，同樣沒有進行式的用法喔！

belong　　　屬於

depend　　　依照

consist　　　組成

contain　　　包含

　　要特別說明，當"have"表示「持有」，則沒有「進行式」，若為其他意思，則可以是「進行式」：

He has a dog.他有一隻狗。

They have a lovely home.他們擁有一個可愛的家。

He is having lunch now.他現在正在吃午餐。

Having finished my homework, I can relax for the evening.完成了我的作業後，我可以放鬆一晚了。

　　表示「知覺、感覺」的「動詞」，同樣也是不能使用「進行式」語法！

look 　　　 看

feel 　　　 感覺

hear 　　　 聽

seem 　　　 似乎

句子的時態

appear	顯示
taste	嚐
sound	聽見
smell	聞
hate	討厭
dislike	不喜歡
desire	想要
prefer	偏好

三、過去發生現在仍存在:「現在完成式」

基本概念

生米已經煮成熟飯

「現在完成式」(present perfect tense)就是事情在過去時間的某個時間點「已經發生」,此完成的狀態目前仍存在,但將來會如何還不確定。這種已成事實的狀態,戲稱為「生米已經煮成熟飯」,也就是「現在完成式」。

⇨ I have already completed the work.

我已經完成工作了!

上述句子表示「已經完成工作的事實，從之前一直持續到現在」，例如是在星期一完成的工作，說話的當下是星期三，且這個事實在說話當下仍舊是存在的，就可以使用上述的句型。

句型

【架構】have/has+過去分詞

【中文】大衛已經離開了。

【英文】(O) David has left.

(X) David has leave.

☠ 陷阱：「現在完成式」和「過去式」一樣？

　　要注意的是，「現在完成式」雖然是指「過去發生的事」，但「現在完成式」不同於「過去式」。

　　若句子中有特別指明「過去的時間點」，則為「過去式」，很多人會將「現在完成式」和「過去式」混淆，是因為沒有考慮到句子中是否有提及事件發生的時間點，舉例來說：

▷ I have been to Seattle.

　我去過西雅圖。

▷ I went to Seattle last month.

　我上個月去西雅圖。

　　上面兩句在語義上有什麼不同呢？很簡單，第一句"I

have been to Seattle"表示「曾經去過西雅圖」這件事,從之前到現在都是事實,所以是使用「現在完成式」。

而第二句"I went to Seattle last month"則特別點出這一件事(到過西雅圖的事實),是發生在「上個月」(last month)的日期,強調事情發生的時間點,所以用「過去式」語句。

深入分析 ⋯⋯⋯⋯⋯⋯⋯⋯⋯⋯⋯⋯⋯⋯⋯⋯⋯⋯⋯⋯⋯⋯

☞解決 「時間」是判斷的標準

上一段說明,可以由句中的「時間」來判斷是「現在完成式」或「過去式」的時態,但是萬一是下列的句子,該怎麼解釋兩種時態的分別呢?

⇨ I lost my wallet last Friday.

上星期五我弄丟了皮夾！

　　發生的時間點明明是"last Friday"，解讀這個句子的情況是「皮夾當時遺失了」，但有可能在說話的當下說不定已經找到皮夾了。再看看下面的句子：

⇨ I have lost my wallet last Friday.

上星期五我弄丟了皮夾！

　　上述句子則表示「是在上週五丟掉皮夾」，意思是指「直到現在，皮夾都尚未尋獲」。

【定義】

什麼時候要用「現在完成式」？顧名思義，就是當事件「完成」的時候。亦即事件是「發生在過去」，而此事的狀態一直「持續到現在」。

此外，「完成式」通常也可和”for”（持續）或”since”（自從）連用，用以強調說明「完成式」的句型，例如：

▷ They have waited for 30 minutes.

他們已經等了卅分鐘了！

▷ I have known David since 1995.

自從1995年起，我就已經認識大衛了。

　　上述例句中，「認識David」是一個持續的狀態，因為是用"since"說明時間點，指示動作或事件發生的起始點。具體來說，這個句子表示自1995年以來，說話者已經認識了David，因此"since 1995"指的是一個具體的時間點或起始時間。

　　此外，「現在完成式」也可以使用在「否定句」的句子中，例如：

▷ I have never seen him.

　我從來沒有見過他。

　　表示「從以前到現在我說話的這個時間點，我從未見過他」，亦即，「不但『之前』沒有見過，『現在』也沒有見過」，這個「沒有見過面」的事實仍繼續存在著。

【例句】

✔ We **have made** a decision.

我們已經決定了。

✔ David **has been** to Japan many times.

大衛去過日本很多次了。

✔ I **have heard** that story before.

我以前就聽過那則故事了。

✔ It **has not snowed** for a long time.

好久沒有下雪了。

✔ I **have waited** for 20 minutes.

我已經等了廿分鐘了！

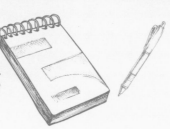

四、早已拋在腦後：「過去式」

基本概念

過去已成歷史了

　　既然是「拋在腦後」的事，就表示已經是發生的「歷史事件」，這就是「過去式」(past tense)的定義。

　　「過去式」的句子不但是指發生的時間點是落在「目前說話的時間『之前』」，而且也表示這件事確實是「曾經發生過的事實」。

　　意即「過去式」是用來描述過去發生的動作、狀態或事件，而非現在或將來的情境。

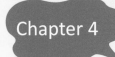

句型

【架構】

主詞 ＋ ⎡ 動詞過去式

⎣ 助動詞過去式+原形動詞

【中文】我昨天晚上去看電影。

【英文】(O) I went to see a movie last night.

(X) I go to see a movie last night.

☠ **陷阱：「過去分詞」就是「過去式」？**

在「過去式」中，主要的「動詞」一定是「動詞過去式」，也就是"原形動詞+ed/ied"。在英文中，因為大部分「動詞」的「過去式」和「過去分詞」是一樣的拼法，所以不代表句子中出現"原形動詞+ed/ied"的單字就是「過去

式」時態，例如：

⇨ He is confused.

　他很困惑！

　　在上述句子中，"confused"是"confuse"的「過去分詞」

也具有修飾的功能，表示這個人「感到困惑」，是用來描

述"He"的狀態，但沒有任何「過去式」的意味。這句"He

is confused"，則由「be動詞」"is"來判斷時態，是為「現在

式」語句，表示「此刻他是感到困惑的」。

深入分析 ┄┄┄┄┄┄┄┄┄┄┄┄┄┄┄┄┄┄┄┄┄┄┄┄┄┄┄┄┄

☞解決 「過去分詞」也可以是化妝師

　　動詞的「過去分詞」（動詞+ed/ied）除了代表過去

式的時態之外,也能夠修飾「名詞」,也就是具有「形容

詞」的功能,例如:

▷ an embarrassed student

　　一位感到難堪的學生

▷a lost child

　　一位迷路的小孩

▷ a tired horse

　　一匹疲累的馬匹

▷a broken chair

　　一張破損的椅子

▷a shredded paper

　　一張切碎的紙

　　在英文中,「過去式」的主要動詞是過去式時態,用

於表示過去的、已完成的動作或狀態。而過去分詞通常由動詞的過去分詞形式組成，並且可以用作形容詞、短語、被動結構等的一部分。此外，若有「助動詞」出現時（例如疑問句），則這個「助動詞」也是使用過去式的時態，例如：

⇨ Where did you go last night?

你昨晚去哪裡了？

【定義】

既然是「歷史」，就表示是「以前的事」。「過去式」是表達「在過去的某個時間點所發生的事件」，例如：

⇨ I went to the mall this morning.

254

我今天早上去大賣場。

　　在上述句子中，"went"就是動詞"go"（去）的過去式時態，表示「去大賣場這件事」是屬於「發生在過去的某個時間點」，也就是「今天早上」(this morning)的事。

　　在英文中，「動詞」具有多重性格，為了要在時態上與「現在式」做區別，所以「動詞」便因應而生發展出多重的性格變化，其中就包含「過去式」的時態變化：

動詞原形	過去式	中文
come	came	來
go	went	去
do	did	做
have	had	擁有

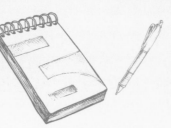

make	made	製作
get	got	得到
take	took	拿
give	gave	給
stand	stood	站立
sit	sat	坐
swim	swam	游泳
run	ran	跑步
walk	walked	走路
say	said	說
meet	met	遇見
buy	bought	購買
read	read	讀

句子的時態

write	wrote	寫
see	saw	看見
watch	watched	看
look	looked	瞥見
listen	listened	聆聽
hear	heard	聽見
sing	sang	唱歌
smoke	smoked	抽菸
close	closed	關閉
open	opened	打開
sleep	slept	睡覺
wake	woke	醒來
eat	ate	吃

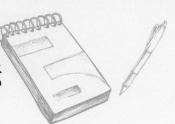

drink	drank	喝
hide	hid	隱藏
find	found	發現

要判斷是否為「過去式」的語句，除了主要的「動詞」必須是「過去式」之外，「時間」的表態也是很重要的判斷依據。

「過去式」會在句中搭配相關的時間「副詞」(adverb)，並以過去的時間「副詞」為主，以下是一些常用的時間副詞：

【日子】

yesterday	昨天

the day before yesterday　　前天

【天數】

two days ago　　兩天前

the other day　　前幾天

a few days ago　　幾天前

【時段】

yesterday morning　　昨天早上

yesterday afternoon　　昨天下午

yesterday evening　　昨天傍晚

last night　　昨天晚上

two weeks ago　　二個星期前

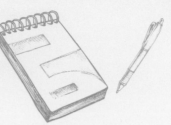

five months ago	五個月前
before	以前
just now	剛剛

【星期】

a few weeks ago	幾個星期以前
last week	上週
last Monday	上週一
last Tuesday	上週二
last Wednesday	上週三
last Thursday	上週四
last Friday	上週五
last Saturday	上週六

last Sunday	上週日

【月份】

last January	去年一月
last February	去年二月
last March	去年三月
last April	去年四月
last May	去年五月
last June	去年六月
last July	去年七月
last August	去年八月
last September	去年九月
last October	去年十月

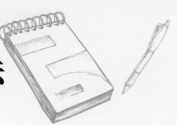

| last November | 去年十一月 |
| last December | 去年十二月 |

【年份】

last year	去年
five years ago	五年前
six decades ago	六十年前

【季節】

last spring	去年春天
last summer	去年夏天
last fall	去年秋天
last winter	去年冬天

句子的時態

【節慶】

last New Year	去年新年
last Christmas	去年耶誕節
last Easter	去年復活節

【例句】

✔ He left for France yesterday.

他昨天動身去法國。

✔ She was a good student.

她過去是位好學生。

✔ I went to see a movie last night.

我昨晚去看電影。

✔ I didn't feel well last night.

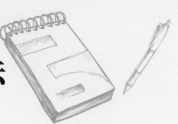

我昨晚不太舒服。

✔ I came back just now.

我才剛剛回來。

✔ I didn't visit my parents last Thanksgiving Day.

去年感恩節我沒有去探望我的父母。

 很危險！

在英文翻譯為中文時，沒有特別註明「過去的時間」，但是若由「動詞」判斷為「過去式」語句，那麼翻譯成中文時，為了語意順暢，是可以在翻譯文中出現過去的時間，例如：

I was just a little girl.

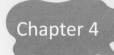

句子的時態

　　由"was"可以判斷為「過去式」的語句，因此可以翻譯為「我當時只是個小女孩」，「當時」在中文就有過去的時間意思。

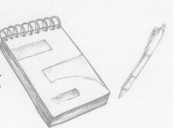

五、還未發生的事：「未來式」

基本概念

時間還早得很！

　　在英文的時態中，就屬「未來式」(future tense)是最為簡單，顧名思義，「未來式」就是「目前」尚未發生，而「未來」可能會發生的事。

　　在「未來式」中，主要是未來的計畫、未來的狀態等。至於「未來式」句子中所提及的事件，會不會真的發生？則視實際狀況而定，句子中並未強烈保證一定會發生，只是單純地陳述未來可能會發生的事件。

　　需要注意的是，未來式也可以用於表示預計、意圖、

承諾等意思，視具體語境而定。

句型

【架構】 主詞+will+原形動詞

【中文】 我會打電話給你。

【英文】 (O) I will call you.

(X) I will calling you.

☠ **陷阱**：還沒上天堂不能立遺囑will？

　　要學會英文的「未來式」，一定要先認識"will"這個單字。學英文可以很好玩，如果說你記不住"will"就是未來式語句的重要推手，那麼你可以這麼聯想：富翁都會在

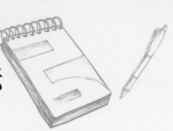

自己離世前先立下遺囑，而「遺囑」的英文就是"will"，「遺囑」就是要在自己還沒有過世前就先立好，既然現在「死亡」這件事還沒有發生，就事先立下遺囑，也就是和「未來將會死」的這件事相關連。「未來將會死」就屬於「未來式」的事件。

深入分析 ⋯⋯⋯⋯⋯⋯⋯⋯⋯⋯⋯⋯⋯⋯⋯⋯⋯⋯⋯⋯⋯⋯⋯⋯

☞解決 will和「原形動詞」忠貞的感情

在未來式中，擔任重要的監督者的就是「助動詞」"will"。只要看見"will"，就表示是「未來的事件」。

"will"是「助動詞」，不論是第一人稱、第二人稱或第三人稱，都可以直接使用"will"，不必像「助動詞」"do"

或"does"般，要因為主詞的不同而使用不同的"do"或"does"，可千萬不要自作聰明改成"wills"喔！

除此之外，因為英文單字實在是少得可憐，能應用說明的單字有限，"will"就成了英文帝國中，擔負多種任務在身的重責大臣。究竟"will"還擔負了哪些重責大任呢？

(一) will可以表示「將來」

最為人所熟知的就是表示「未來事件」的基本句型，是指「未來可能會發生的狀態」，例如：

➪ I will be back in a few minutes.

我會馬上回來！

上述句子中，由"will"引導「未來式」的事件，表示即將"be back"，而句尾的"in a few minutes"則表示這件事即將在「幾分鐘之內」發生。再來看一個句子：

⇨ David will go home next week.
　大衛下星期就會回家了！

　　表示大衛即將要在下個星期的某一天回到家，也是屬於最基本的「未來式」句子。

(二) will可以表示「意願」

　　表示「意志」、「意願」的強烈度，也和未來即將發生的事件的型態類似，表示未來願意做某一件事的意願，例如：

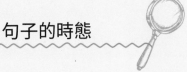

句子的時態

⇨ We can't find anyone who will take the job.

我們找不到願意接這個工作的人

⇨ The doctor will see you now.

醫生現在願意見你。

詢問的當下，此事件尚未發生，所以也是和「未來式」有關，可以是詢問「未來是否願意做某事」的語法，例如：

⇨You will come, won't you?

你會回來的，是嗎？

⇨ Will you come with me?

你要和我一起去嗎？

(三)Will可以表示「經常」

表示習慣性、經常性地發生的事件，目前還沒有發生，但是可能過去有這一類相關的經歷，例如：

⇨ Accidents will happen.

意外難免會發生。

⇨ He will ask silly question.

他會笨問題。

(四) will可以表示「能夠」

具有某種能力或是功能，和「未來式」沒有直接的關

係，純粹是「足以達到某種效果」的陳述說明，例如：

⇨ This auditorium will seat one thousand people.

這個禮堂能容納一千人。

(五) will可以表示「大概」

具有「猜測」的效果，純粹是利用現有的資訊猜測出
來的推論，例如：

⇨ This will be the house you're looking for.

這大概就是你要找的房子。

(六) will可以表示「必須」

表示在責任上或義務上，不得不做的事情，具有「要求、遵守」的意味，例如：

⇨ No one will leave the examination room before ten o'clock.

在十點鐘以前，沒有人能夠離開考場。

【定義】

　　英文的「未來式」表示未來可能發生的事件、動作或狀態，可以用"will"或是"be going to+原形動詞"兩種句型來陳述未來事件。

【架構】 主詞 ＋
will+原形動詞
be動詞+going to+原形動詞

　　雖然「未來式」有"will"或是"be going to"兩種引導的

語句，看似很類似，代表的意義卻有一些不同，例如：

⇨ I will go home.

　我會回家。

⇨ I am going home.

　我即將要回家。

　　上述兩句都具有「我要回家」的「未來式」語義，但是若嚴格地分析，第一句"I will go home"可以深入解析為「我會回家」但不一定真的會回家，但是第二句"I am going home"則會回家的確定性比第一句高。

【例句】

✔ He will be home at six.

他六點鐘就會回家。

✔ David will be five years old next month.

大衛下個月就滿五歲了。

✔ This time I will learn from my mistakes.

這次我會從錯誤中得到教訓。

✔ You will do it because I said so!

因為我這麼說，所以你得照做。

✔ Will you come in?

你要進來嗎？

✔ This car will hold six people comfortably.

這部車子可以讓六個人舒適搭乘。

句子的時態

很危險！

　　小心喔！在「未來式」的句子中，是不會有任何過去的時間出現，例如：

(X) She will make a good wife yesterday.

她昨天將會成為一個好妻子。

　　上述的句子完全是語句不通，既然是「將會」(will)的未來可能事件，又怎麼會是「昨天」(yesterday)的過去時間呢？上述例子應該改為：

She will make a good wife.

她將會成為一個好妻子。

Chapter

5

句子的種類

一、好似在說故事：「敘述句」

誰在說故事？

　　為什麼說「敘述句」像是在說故事般呢？顧名思義，「敘述句」是表示單純地陳述一件事實的句子，就好像在說故事一樣簡單明瞭。

　　英文的敘述句是用來陳述事實、描述狀態或提供資訊的句子類型。可以用肯定或否定的方式，陳述一個觀點、情況或事件。此外，敘述句以陳述語句呈現，通常不以問句或感嘆句的形式提出疑問或表達驚訝。

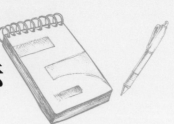

句型

【架構】主詞+動詞+受詞/補語

【中文】我的父親是醫生。

【英文】(O)My father is a doctor.

(X)My father a doctor.

「肯定」和「否定」是天生宿敵？

　　英文敘述句是最基本的句子類型之一，用來陳述事實、描述情況、表達想法或感受。這種句子的目的是提供資訊，而不是問問題或表達命令。

　　「敘述句」又可以分為二類，一是「肯定句」，另一個就是「否定句」。這兩種句型用於陳述事實或描述情況，但它們表達的意思有所不同。

句子的種類

句型

【架構】 肯定句 →無否定單字

否定句 →有否定單字

【中文】她沒有要去跳舞。

【英文】(O)She is not going to dance.

(X)She not going to dance.

在「敘述句」中，若表示是同一事件，則「肯定句」
和「否定句」不會同時存在，例如：

▷ I am a student.

我是學生。

上述例子中，既然「我是學生」是一個事實的說明，

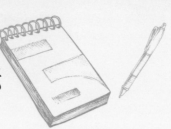
就不可能存在「我不是學生」的敘述，因為那是互相矛盾的說法。肯定句用來陳述肯定的事實、情況或觀點。它們通常使用肯定形式的動詞和描述肯定的情況。

　　而同樣的陳述句型，若要改為「否定式」語句，就會變成：

▷ I am not a student.

　　我不是學生。

　　否定句用來否定事實、情況或觀點。它們通常使用否定形式的動詞，例如在動詞前加"not"（例如"is not"、"does not"等）。

☠ 陷阱：只有敘述句才能有肯定句？

句子的種類

一般說來，不論是「現在式」、「未來式」、「過去式」或是「完成式」等，都會有相對應的否定句型，只要稍加變化，利用副詞"not"的幫忙，就可以將「肯定句」改為「否定句」。

深入分析 ⋯⋯⋯⋯⋯⋯⋯⋯⋯⋯⋯⋯⋯⋯⋯⋯⋯⋯⋯⋯⋯

解決 "not"是否定句的救星

形成「肯定句」的鐵律是在「肯定句」中，是不會有否定式的單字出現。其中，最常見的「否定式」的單字，就是具有否定意味的副詞"not"。

【架構】

主詞 ＋ ⎡ 助動詞+not+原形動詞
⎣ be動詞+not

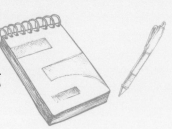

【定義】

要將「肯定句」改為「否定句」一點都不難，只要謹記一個原則：”not”是「否定句」的救星。怎麼說呢？因為只要在「肯定句」中加入”not”，就形成否定句型了！以下是幾個「肯定句」改為「否定句」的種類：

(一)be動詞+not

由「be動詞」所引導的「肯定句」，是最基本的英文「肯定句」句型，若是要將「肯定句」改為「否定句」，則只要在「be動詞」後面加上”not”即可，例如：

[肯定句]

This is a book.

[否定句]

This is not a book.

非常簡單的改寫方式，不論「be動詞」是"is"、"am"或是"are"，一律在「be動詞」後面加上"not"，而句子的其餘單字都不必改變，再來看一個例子：

[肯定句]

I am a student.

[否定句]

I am not a student.

縱使「be動詞」的時態為過去式(was、were)，或是進行式的句子，也是一個"not"走遍天下。

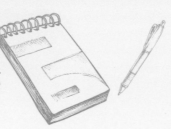

[肯定句]

They are coming to my birthday party.

[否定句]

They are not coming to my birthday party.

(二) do/does+not+一般動詞

若是「肯定句」是由「一般動詞」所引導，那麼只要在「原形動詞」前面加相對應的「助動詞」(do/does)以及"not"，再將「動詞」恢復為「原形動詞」即成為「否定句」，例如：

[肯定句]

David goes to the park.

[否定句]

David doesn't go to the park.

若是「肯定句」時態為過去式句型,則「助動詞」一律改為過去式句型 (did),且後面所接的「一般動詞」也要改頭換面,改為「原形動詞」,例如:

[肯定句]

They watched TV last night.

[否定句]

They did not watch TV last night.

287

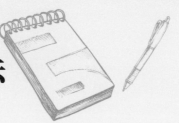

常見的「助動詞」包含了will、do/does、may、can、shall、could…等，都只要在「助動詞」後面加上"not"就可以形成「否定句」，再把「動詞」恢復為「原形動詞」即可，句子的其他單字都不用更改。

(三)助動詞+not

若是句子本身就是由「助動詞」所構成，那麼只要在「助動詞」後面加"not"，即成為否定句，廢話不用多說，直接來看例子吧！

[肯定句]

He will go home tomorrow.

[否定句]

He will not go home tomorrow.

【例句】

✔ David **is not** a student.

大衛不是學生。

✔ I **don't** like you.

我不喜歡你。

✔ He **doesn't** want to talk to you.

他不想和你說話。

✔ Mrs. Smith **doesn't** like chocolate.

史密斯太太不喜歡巧克力。

✔ They **did not** show up.

他們沒有出現。

✔ We **will not** allow it.

我們不會允許這種情形。

✔ You **should not** go to his place.

你不應該去他家。

很危險！

英文是很單純的語言，所以常常可以發現有

許多縮寫的表達方式

【助動詞否定式】		【縮寫】
will not	→	won't
do not	→	don't
does not	→	doesn't

did not	→	didn't
should not	→	shouldn't
can not	→	can't
have not	→	haven't
has not	→	hasn't

【be動詞否定式】	【縮寫】
is not	→	isn't
are not	→	aren't
was not	→	wasn't
were not	→	weren't

　　要特別注意，「be動詞」"am"和"not"沒有縮寫，千萬不要自作聰明說成"amn't"喔！

二、藉此尋找真相：「疑問句」

基本概念

有問題就大聲說出來

有問題該怎麼辦？那就開口問啊！這就是「疑問句」的存在意義。

每一種語文都有「疑問句」，什麼是「疑問句」呢？從字面意思就知道，「疑問句」是表示提出問題、質疑的語句。

「疑問句」是一種問句的形式，用來詢問問題或尋求資訊。它通常由特定的句法結構和詞語順序構成，以在陳述句中表達疑問的意思。疑問句的特點是句子通常會附加

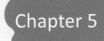

句子的種類

一個問號在句尾。

句型

【架構】助動詞+主詞+一般動詞

be動詞+主詞+補語

【中文】她有上學嗎？

【英文】(O) Does she go to school?

(X) Does she goes to school?

 陷阱：「疑問句」和「敘述句」長得很像？

「疑問句」可以是來自於「敘述句」的轉變，如果你

已經會「敘述句」的寫法，那麼「疑問句」對你來說，就如同易如反掌般簡單。因為「敘述句」和「疑問句」就像玩大風吹般，都是在玩「換位子」的遊戲。

深入分析 ……………………………………………………………

🖐 解決 「疑問句」是由「敘述句」轉變

只要是「敘述句」，都可以經由倒裝句型改寫為「疑問句」。

中文常說「妻以夫為天」，意思就的是「丈夫代表一切」。在英文中，「疑問句」與「敘述句」之間的關係也是「夫」與「妻」的關係。「疑問句」的內容也是「妻以夫為天」，要依照「敘述句」的內容來改寫。

只是要注意兩個重點：一，是否需要加「助動詞」？二，是否「be動詞」需要移位？

【定義】

若要將「肯定句」改為「疑問句」，只要謹記一個訣竅：「動詞」的改變。

為什麼說是「動詞的改變」呢？首先，為了回應「疑問句」的句型，要先將句子改變，唯有啟動「變形金剛」戰術！那麼有哪些「動詞」改變的戰術是適用在疑問句型呢？以下幾個原則可以幫助你記憶：

(一)「be動詞」移到「主詞」之前

若是原來的句子是由「be動詞」所引導的句子，那麼改為「疑問句」時，第一個執行的動作，戲稱為「國王退

295

位」的「倒裝句」，因為在「主詞」先國王退位後，之後的「be動詞」，則移位至「主詞」之前。

【架構】 be動詞+主詞

[敘述句]

This is a book.

[疑問句]

Is this a book?

☞ 提示小精靈

記得喔，「be動詞」移到「主詞」之前時，「be動詞」的第一個字母要大寫。

句子的種類

yes和no的回答用法

　　既然提到「疑問句」，那麼一定要順帶一提和「疑問句」息息相關的「回答」用法。

【架構】	Yes,+肯定句
	No,+否定句

　　謹記一個重點，若是「be動詞」開始的疑問句，就用「be動詞」回答。當「疑問句」的答案是「肯定」的，就回答"yes"，並將「主詞」與「be動詞」的位置恢復為正常位置（主詞+be動詞），例如：

[疑問句]

Is this a book?

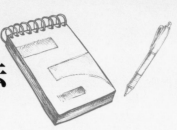

[回答]

Yes, this is a book.

☞ 提示小精靈

回答yes時，後面not就必須刪除。

若答案是「否定」的，就回答"no"，並在「be動詞」之後加上"not"，再將「主詞」與「be動詞」的位置恢復為正常位置（主詞+be動詞），例如：

[疑問句]

Is this a book?

[回答]

No, this is not a book.

因為不同語言的語法結構不同，國人很容易在回答上產生錯誤的用法，例如很容易說成Yes, I don't 或 No, I do的錯誤語法。若是問句本身已經是否定式問句，則回答的方式會容易有"yes"和"no"的混淆，例如：

[否定疑問句]

Isn't Mr. Smith her boss?

史密斯先生不是她的老闆嗎？

"Isn't"是"is not"的縮寫形式，它本身具有否定的含義。其實不管問句是肯定或否定，英文的肯定與否定的回答必須前後一致，例如"Yes, +肯定句"或"No, +否定句"，因此，以"Isn't"引導的問句，若回答是肯定的，即與"is not"相反，

則回答"yes"，這表示被問者藉由肯定回答來否定問句。

[肯定回答]

Yes, Mr. Smith is her boss.

是的，史密斯先生是她的老闆。

[否定回答]

No, Mr. Smith is not her boss.

不是的，史密斯先生不是她的老闆。

像上面的問句，千萬不能回答"Yes, Mr. Smith is not her boss."，這可是犯了中式英文的錯誤用法喔！

此外，改變為「疑問句」時，則要和原來的句子的時

態維持一致的，例如：

[敘述句]

She was a singer.

[疑問句]

Was she a singer?

在移動「be動詞」與「主詞」的位置時，要特別注意「主詞」首字的大小寫問題。若是「主詞」為「專有名詞」，則第一個字母大寫的規則不變，若為一般的「名詞」，或是"冠詞+名詞"的組合，則需要將大寫轉換為小寫，例如：

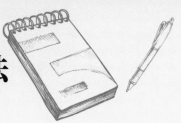

【主詞大寫不變】

[敘述句]

Mr. Smith is her boss.

[疑問句]

Is Mr. Smith her boss?

【主詞改為小寫】

[敘述句]

This is your hat.

[疑問句]

Is this your hat?

(二)句首加do/does/did的疑問句

若是句子是由「一般動詞」所引導，那麼只要在"主詞+原形動詞"架構前面，加上相對應的「助動詞」，即成為「疑問句」。若是用「助動詞」引導的疑問句，回答則是用疑問句的相同時態的「一般動詞」回答。

【架構】助動詞+主詞+一般動詞原形

[敘述句]

He flies a kite.

[疑問句]

Does he fly a kite?

[肯定回答]

Yes, he flies a kite.

[否定回答]

No, he doesn't fly a kite.

上述「疑問句」因為加了「助動詞」"does"在句首，所以要注意兩個要點：

1."He"要改為小寫"he"。

2.現在時態的"flies"要改為「原形動詞」"fly"。

Chapter 5

句子的種類

　　此外，若是原來的句子為「過去式」的句型，則改為「疑問句」時，「助動詞」一律改為過去式句型(did)，因為句首有助動詞，所以動詞過去式(watched)也要改為原形動詞(watch)，例如：

[敘述句]

David watched TV last night.

[疑問句]

Did David watch TV last night?

☞　**提示小精靈**
因為句首有"did"，所以"watch"要恢復為原形動詞。

(三)直接將「助動詞」移到句首

　　若是句子本身就是由「助動詞」所構成，那麼只要將「助動詞」移到句首，並將首位字母改為大寫，而主詞改為小寫（專有名詞例外），立即成為「疑問句」。

[敘述句]

They will go home tomorrow.

[疑問句]

Will they go home tomorrow?

☞ **提示小精靈**

助動詞包含do(does/did)、can、could、will、would、may、might、shall、should等。

　　別忘記，「主詞」從句首執行「國王退位」後，要注意將大寫轉換為小寫的規則喔！

【例句】

✔ Do you like her?

你喜歡她嗎？

✔ Is Susan a student?

蘇珊是學生嗎？

✔ Did you tell me the truth?

你有告訴我實話嗎？

✔ Are you an English teacher?

你是英文老師嗎？

✔ Do you have any money?

你有錢嗎？

✔ Will you help me with it?

可以幫我嗎？

Chapter

6

文法總匯

文法總匯

⇒1.句首單字的第一個字母，要大寫

【口訣】句首大寫

排行第一的就是老大！所以只要是句子第一個單字的第一個字母，一定是大寫，沒有例外。

【說明】一般來說，大部分的英文單字拼法都有大小寫之分，例如，「學生」可以是"student"，也可以是STUDENT，但是在句子中，除了少部分的「名詞」之外(像是「專有名詞」)，都是以小寫表示。可是在一個完整的句子中，有一個位置的單字首位字母一定是大寫，那就是句子第一個單字。

【對與錯】

(O) She is my best friend.

(X) she is my best friend.

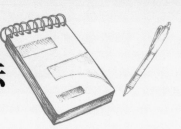

⇒ 2.句子一定要有「主詞」

【口訣】家裡一定有大人:「主詞」

就像家裡有主人一樣,「主詞」就是句子的主人,功用是引導出這個句子後面的說明。

【說明】沒有「主詞」的句子,就像是丈二金剛摸不著頭腦,會令人不了解原意。一個完整的句子中,缺少不了「主詞」,必須要有「主詞」的存在才能完整表達意思,例如:"is beautiful"的字面意思是「漂亮的」,但是要傳達什麼意思呢?相信沒有人會知道。但是若改為:"She is beautiful.",就是一個完整的簡單句了,這個句子是說「她是漂亮的。」

【對與錯】

(O) He is a teacher.

(X) Is a teacher.

【誰來挑戰】

> 句子一定有「主詞」受到挑戰了！「主詞」在句子中的崇高地位，在某些句子中是受到質疑的，所以這種句子是沒有「主詞」存在的，這類句子是無定形的句子，學習的技巧不難，只能靠多看多背了！例如：
>
> Try me. 你不妨試試看！
>
> Fire! 發生火災了！（呼喊）
>
> Shut up. 你閉嘴！
>
> Help. 救命啊！

上述的句子，在特定情境中，都是正確的，這類只有

片語構成的語句，雖然它不符合傳統的完整句子結構，但在口語或俚語中很常見，並且在特定情況下具有意義。

⇒3.句子一定有「動詞」

【口訣】「動詞」讓句子的生命更加完整！

除了「主詞」擔任主人的角色之外，「動詞」也像是「主詞」的伴侶，讓「主詞」在句子中能完整表達意思。

【說明】一個完整的句子除了具備「主詞」之外，另一個就是「動詞」。為什麼「動詞」也是句子不可少的重要大臣呢？先來看例子："She a song"這是什麼意思？「她歌曲」是什麼意思？連中文都無法翻譯，更不用說能傳達正確的語義。正確說法應該是"She is singing a song."。

【對與錯】

(O) We go to the park.

(X) We to the park.

【誰來挑戰】

「動詞」的地位受到質疑了！挑戰者同樣是「無定形句子」，廢話不用多說，趁機來再多背幾個句子吧！

Good morning.早安！

Good afternoon.午安！

Good evening.晚安！（夜晚見面打招呼之用）

Good night.晚安！（夜晚道別之用）

上述雖然不是完整的句子，卻是經常在問候的情境中使用的招呼語。儘管它不是一個完整的句子，但在招呼和禮貌問候的情境中，卻都是常用的短語。

⇒4.我(I)一定要大寫

【口訣】「我」最自大

「我」是個自大、目中無人的傢伙，所以英文中的「我」"I"無論在哪個場合，絕對不會變成小寫"i"，決無例外。

【說明】既然中文的你、我、他都是公平的，為什麼英文的"I"就如此自大？學文法不用問為什麼，請直接記住：不論在句中的任何位置、任何場合，這個「我」的"I"一定都是大寫。

【對與錯】

(O) I am thirty years old.

(X) i am thirty years old.

⇒5.「主詞」和「be動詞」的使用規則

【口訣】客隨主變

「主詞」和「be動詞」之間一直存在愛恨糾葛的拉扯關係，也像主人和客人之間的關係，當客人的「be動詞」會隨著當主人的「主詞」變化，而有不同的面貌。

【說明】以「現在式」來區分，「be動詞」有三種面貌：am/is/are，若是「過去式」則為was/were，和「主詞」之間的使用關係如下：

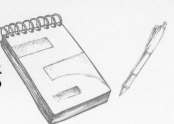

中文	主詞	be動詞（現在式/過去式）
我	I	am/was
你(們)	you	are/were
他/她	he/she	is/was
他們	they	are/were
我們	we	are/were

【誰來挑戰】

看樣子，"I"有一群死忠的粉絲：am和was！但是"I"不滿足！有一種情況下，"I"和"were"會產生愛情的火花，那就是「假設語氣」。

在假設法中，只要是特指「與事實相反或可能與事實相反的情況下」，就會出現"I were"的結合，例如：

If I were you, I would tell the truth.

如果我是你，我會說實話。

　　在上述例句中，因為事實狀況是「我不可能是你」，所以必須使用"if I were you..."。再來看下面的例子：

I think I'd take the money if I were you.

如果我是你，我會拿這筆錢。

　　這是一個虛擬條件句，使用"were"表示對過去或現在的假設情況。"if I were you"的意思是「如果我是你」。整句的意思是，說話者認為如果他是對方的話，他會選擇拿錢。這句話可能暗示說話者認為選擇拿錢是一個明智的決策，並建議對方也這樣做。

國家圖書館出版品預行編目資料

搞懂英文基礎文法,分分鐘的事 / 張瑜凌著.
-- 初版. -- 新北市：雅典文化事業有限公司, 民113.01
　面； 公分. --（英語工具書；21）
　　　ISBN 978-626-7245-21-7(平裝)
　　　1.CST: 英語 2.CST: 語法
　805.16　　　　　　　　　112012032

英語工具書系列 21

搞懂英文基礎文法，分分鐘的事

作者／張瑜凌
責編／張瑜凌
美術編輯／姚恩涵
封面設計／林鈺恆

法律顧問：方圓法律事務所／涂成樞律師

總經銷：永續圖書有限公司

永續圖書線上購物網
www.foreverbooks.com.tw

雲端回函卡

出版日／2024年01月

雅典文化

出版社　22103　新北市汐止區大同路三段194號9樓之1
　　　　　　　　TEL　（02）8647-3663
　　　　　　　　FAX　（02）8647-3660